ZUI
Zestful Unique Ideal

《最小说》
2017 年华丽蜕变
〔 Zestful Unique Ideal 〕
新鲜出击

新

全新演绎思维交锋 实力升级阅读享受
《我喜欢的 奇怪的你》现已来袭

之后的旅程，你愿与我们同行吗？

最世文化
Shanghai ZUI co.,Ltd

最世文化
出品

〈 1 〉

ZUI
Zestful Unique Ideal

我喜欢的
奇怪的你

郭敬明

主编

湖南文艺出版社   纳鲸天际

Z — U — I

NOVEL

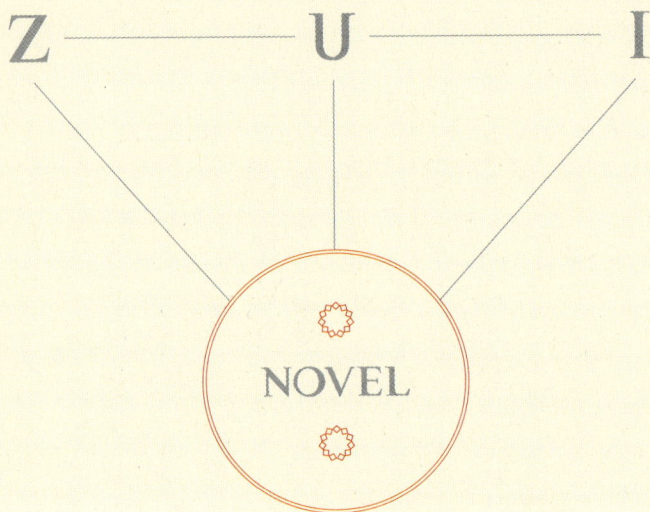

【ZUI Preamble】/【开篇卷首】

都市病 ———————————————————————— 痕 痕 0 0 6

【Theme Story】/【主题故事】

南极城传 ———————————————————————— 笛 安 0 0 8
创作谈：勇敢一点 ————————————————— 笛 安 0 4 3

【ZUI Novel】/【小说剧场·我喜欢的】

树懒大叔后遗症 —————————————————— 林苡安 0 4 9
独家专属 ———————————————————————— 余慧迪 0 5 7
高空悬浮 ———————————————————————— 陈奕潞 0 6 5
悲哀的果实 ———————————————————————— 幽 草 0 7 3
"陌生"的恋人 ——————————————————— 陆俊文 0 8 3
爱的色盲 ———————————————————————— 陶立夏 0 9 3
W ————————————————————————————— 黎 琼 1 0 3

【ZUI Novel】/【小说剧场·奇怪的你】

十二楼未眠夜 —————————————————— 包晓琳 1 1 5
黑夜魇 —————————————————————————— 刘麦加 1 2 5
伪装者 —————————————————————————— 周宏翔 1 3 3
我和我最好的朋友 ————————————————— 王 一 1 4 7
空气劲敌 ———————————————————————— 曹小优 1 5 5
这美好的丑陋 —————————————————— 小 河 1 6 5
此处应有掌声 —————————————————— 冯 天 1 7 3

Zestful —— Unique —— Ideal

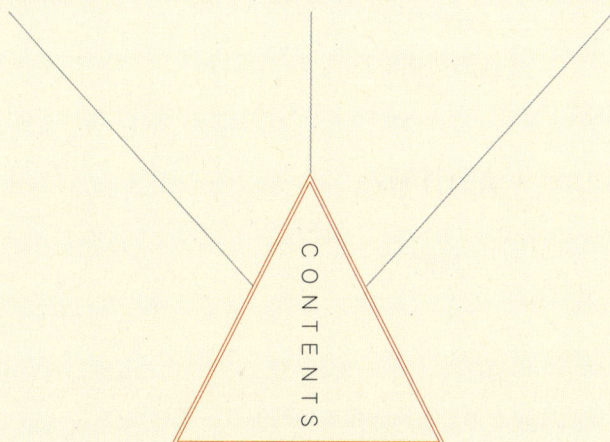

CONTENTS

【ZUI Comments】/【ZUI · 视界】

聊斋之爱：从欲望到真情 ———————— 甫跃辉 184
川端康成：从魔界中凝视的美丽与悲哀 ———— 幽草 190

【ZUI Classic】/【当下见道】

错情书 ———————————————— 消失宾妮 202
Take Me with You ———————————— 安东尼 208

【This is us】/【这就是我们】

我喜欢的人好奇怪 ———————————————— 216
我吃过最奇怪的食物 ——————————————— 224

主　编 / 郭敬明　　　　流程主管 / 卡卡　　　　　　版权合作或商业邀约
出 品 人 / 郭敬明　　　宣传企划 / 罗航菲　　　　　联系电话：021-62530237-158
执行主编 / 痕痕　　　　文字编辑 / 卡卡、张明慧、吴宛璘、　联系人：张叶青、于漪
项目总监 / 痕痕　　　　　　　　　董明慧、郑丽丽、孙宾
设计总监 / 胡小西　　　图片编辑 / 胡辰阳　　　　　装帧设计 / ZUI Factor (zui@zuifactor.com)
设计主管 / Fredie.L　　美术编辑 / 付诗慈、龙君、董璐　官方网站 / www.zuibook.com

都市病

TEXT
痕痕

今天早上，我把从网上买来的杜鹃根放到锅里煮，我爸妈看到，但什么都没有问。我觉得他们对这类事形成了免疫，无论我做出什么怪事来，他们都能冷眼旁观。我甚至觉得，如果我要把煮过的水用来喝，他们也不会奇怪。

"有没有加调料？你妈可能这么问。"朋友说。

"不，他们什么都不问。"

我在家里搞了一个鱼缸，煮杜鹃根是把木头里容易溶到水中的色素煮出来，然后把杜鹃根泡在水里一至两个月，它们就会慢慢沉入水中，之后就可以用来造景。我要在鱼缸里养水草，并且造一个阴郁的景。我身边的朋友的兴趣可能大多放在游戏上，但我什么游戏都没有装，这样子的我奇不奇怪？

这期的主题核心是"都市病"，我们和作者一起探讨了在这个时代中，承受压力的都市人所表现出来的情绪反应。有时，我会想，在上海这个生活成本那么高的城市，外地来打拼的普通上班族要如何在这里站稳脚跟呢？很可能几个月的薪水都承担不起这个城市普通地段一平方米的房价。我是一个对什么事情都置身

封面插图 / 孙十七

事外的人，比较没有现实感，钱也没有太在乎，对我来说从不曾考虑过实际的生存压力。我不喜欢上海这座城市，但我也没有按照这个城市的规则来生活。可是，我身边的人却实实在在在这样的环境中背负着压力。

在构思选题的最开始，我们想表现一部分都市人在压力之下所反映出来的"症结"。我没有生活的现实感，但我也有其他的问题，不，缺乏现实感和逃避，这或许就是我的都市病吧。

2017年，《最小说》将以选题书的形式呈现在大家面前，我们会找有意思的主题，并以精彩的文章多角度诠释。毛姆在《月亮与六便士》里说："作者为他一本书花费了多少心血，经受多少磨折，尝尽了多少心酸，只为了给偶然读到这本书的人几小时的休憩，帮助他驱除一下旅途中的疲劳。"现在，在你手中的这本《我喜欢的 奇怪的你》，也同样凝聚了许多创作者的心意。

我想，如果正在读这本书的你，也有今天还不错的感觉就好了。

TEXT 笛安　ILLUSTRATION 孙十七

南极域传

南 极 城 传

TEXT
笛安

Illustration
孙十七

"你多大？"婚纱店的女经理弯腰蹲在我脚下，在层层叠叠的白色花瓣上边扎别针。她的姿势让我心生不安，我其实不大喜欢别人这么周到但是小心地对待我。

"二十五。"李瞳坐在我对面的沙发上，一边懒洋洋地翻着时尚杂志，一边替我回答。我面前的大镜子映出来她的后背，瘦削、有点驼，但是无意中摆出了一个曼妙的角度。

"真好，花样年华。"女经理仰起脸，一绺卷发从她的发髻里滑下来，微微地垂着，搭住了她的睫毛，她甩甩头想把它甩开，可惜没成功，倒是她的身子不听话地晃了一下，因为穿着十五厘米的高跟鞋蹲久了，毕竟是辛苦了些。

我笑了笑，极力地凝视着镜子里的自己。婚纱云雾缭绕地上了身，但是头发却没盘起来，依然是清汤挂面地垂在耳朵边上，就算是再怎么用力地看，也不觉得这一刻有多么神奇或者美好。

"好看的。"李瞳的语气毋庸置疑，她总是能在一瞬间看明白我在想什么，"到时候头发一弄，化好妆就焕然一新了。"那语气像是在说，我这个人需要使劲地装潢一番，才配得上这件衣裳。她柔软地、深深地看着我，然后笑笑。"明明，你惨了。穿上这身衣服，漂亮这么一回，以后你一辈子就这么完了。再也不能谈恋爱。"紧接着她补充道，"当然，我是说，原则上讲是不能。"

女经理笑着转过脸看她，就连站在我身后那个替我量腰围的姑娘也跟着开心地笑，娇俏地捂着嘴。我知道李瞳的目的又一次达到了。她总是不自觉地希望自己能给别人留下深刻的印象。然后她又得意扬扬地跟了半句："除非你老公早点死。"

我们从婚纱店出来，已经黄昏了。我们路过了南极城。它依然故我，一栋灰色的楼，其实只有三层而已。不过我们心照不宣地把目光转向了路的另一侧，那一侧，没有南极城。几秒钟而已，车窗就滑过了那些景色。我们转眼就安全了。就在这时李瞳叹了一口气，她那一点点悠长的余韵让我没了主意。我不知道是该继续若无其事地沉默，还是该语气平淡地谈起什么。李瞳却在此时说："我到现在都还记得，咱们小的时候，穆成指着南极城的大门，欢天喜地地跟咱俩说：'你们看你们看，我爷爷当时就是在那里投降走出来的，然后龙城就解放了……'他就像是在讲一件多么骄傲的事情。"

往事让我们的笑容由衷地舒缓，我一边笑一边说："他就是傻嘛，其实他直到今天也是这样的。"手机就在此时绽放出蓝色的小信封，说曹操，曹操就到了。

李瞳慢慢地说："怎么也没想到，你就这样要嫁给他。"

　　那年我十二岁，我的表姐李瞳比我大两岁零八个月。在那个年纪，这个年龄差足以造成某种难以逾越的距离。我还没有月经，李瞳就有。我尚且觉得男生是种怪异的生物，但李瞳已经能用一种愉悦的目光打量他们，像是挑剔着一样礼物的瑕疵那样开他们的玩笑——虽然有瑕疵，可毕竟是礼物。放学路上，我看着她从某个男孩儿的自行车后座上跳下来，以一种令人难堪的柔软的姿态和他挥手道别。

　　"不害臊。"我在不远处"哧哧"地笑。

　　"你懂什么，你个小屁孩儿。"李瞳高傲地仰着头。

　　这样的对白当然不能被外婆听到——对此我们心照不宣。我已不记得有多少个午后，外婆在北方一泻千里的阳光下面一本正经地午睡着。李瞳牵着我的手，我们轻轻地穿过阴暗的门厅，像两个熟练的贼。关门的时候小心翼翼地把门锁的声音降至最低。偶尔李瞳会从外婆的小铁盒子里看似漫不经心地拿两张破烂不堪的零钱。外公的遗像在泛黄的墙壁上静静地注视我们的所有行为，我们对此习以为常。对面墙上，还有一张黑白的，周总理的照片。我很小的时候，总是搞不清墙上这两个黑白的老人家到底哪个是外公，哪个是周总理。李瞳就骂我："笨蛋，长得丑的那个就是外公。"

　　她是要带我去找穆成。在午饭之后，下午上课之前那短暂的一个半小时，是我姐姐约会的时间。我不知道李瞳为何会选中了这个看上去平凡得令人失望的穆成，其实她自己也不知道。所以她只好嘴硬地模仿电视剧里的台词："在爱我的人和我爱的人中间，当然还是选那个爱我的，这样比较聪明。"这个解释令我肃然起敬，她居然有胆量使用"爱"这么不要脸的字眼。——我想我骨子里沉睡着一个乌合之众的灵魂吧，因为我本能地对所有出格的东西心存敬畏，哪怕是出格的不要脸。

　　穆成总是在红旗剧场的台阶上等着我们。他等得无聊，就在那些台阶上练习轻功。我是说，像练习轻功那样轻盈地跳来跳去——一跃就掠过了好几级台阶。即使是今天，我也总是能想起，在红旗剧场那颗硕大的五角星下面，有个男孩儿在百无聊赖地、专注地练习飞翔。姐姐张开双臂冲上去，却在离穆成还有两三级台阶的地方停下来，拘谨地粲然一笑。我是真的无比热爱这时候的李瞳——明明很不要脸，却又突然地害起了羞。

"下午放学的时候过来看电影吧。"穆成邀请道，"明明也一起来。"

李瞳故作矜持地撇嘴："什么电影？不好看我们才不来。"

"好看的。《勇敢者的游戏》，美国片，说是惊险的呀。"穆成急切地解释着，"来嘛，我爷爷今晚不值班，值班的崔叔叔——"他一拍胸脯，"是老子的人。"

"你要做谁的老子哦？"李瞳把头一偏，"不喜欢美国片，我爱看香港的。"

其实我和穆成都知道，她不过是拿一下腔调而已，她当然还是会来的。哪怕晚上回家的时候，又会挨外婆那种想象力极为丰富的咒骂。

穆成的爷爷在投降以后，鬼使神差地，又被派来打扫这个他曾经亲手插上白旗的楼房，看着这个灰色的三层建筑物在一阵鞭炮声中变成了"红旗剧场"。卖票和领座的工作，他做了有半个世纪那么长。他是个可怕的爷爷，可怕得足以和我们的外婆相映成趣。我听到过他以一种不可思议的音量，在入口处的大厅里，雷霆万钧地诅咒着那些逃票入场的坏孩子。他会很多我听不懂的骂人话。我问过外婆那是什么意思，外婆说，别说是我，就算是我的父母都未必能懂得。外婆微笑着说："阎锡山的老兵嘛，自然会讲些很有年头的龙城话。"转眼间，她又板起了脸："女孩儿家，打听粗话做什么？作死呢。"

夜晚，我独自躺在我和李瞳两个人的床上，倾听着外婆在屋外不动声色地挪动椅子的声音。说是夜晚，其实九点刚过而已。外婆因为李曈的晚归，脸色越来越难看。所以她要我睡觉的时候我就乖乖地顺从了。这样就可以安然地置身于风暴之外，甚至怀着一种怡然自得的心情期待即将上演的大戏。

"你又到哪里鬼混去了？"

"和同学看电影。是美国片，英文的。我们英语老师说了，外语就是要多看看外国的电影才学得好。"

"真的？"外婆的语气明显地在缓和，"在哪里看的？"

"在我们英语课代表家，不信，你打电话去问嘛。"李曈他们班的英语课代表——还真的是穆成。

"男的女的，那个代表？"

"女的。"——你总算是撒了谎，我都等了这么久了。

其实还有一件事，她也没讲真话。我们毕竟是天然的同盟，所以我下意识地忽略了这个谎言。她没有说她去了红旗剧场。外婆不喜欢那个地方，因为外公死在那里。1967年，某个春风沉醉的夜晚，外公像件落满灰尘的旧家具那样，被锁在红旗剧场三楼的库房，等待天亮以后的批斗大会。他趁着看守他的人在打盹儿的时候，从窗口跳了下去。其实那种高度，不是所有人都能摔死，但我们的外公成功了。

有件事我外婆一直耿耿于怀，那就是，李曈的父母——我的姨妈和姨夫，他们恋爱时第一次约会，就是在红旗剧场看电影。外婆提起这件事，就拧着眉毛、咬牙切齿地对着空气骂道："你自己亲爹的冤魂看着你们俩呢。你走进去的时候不嫌脊背上凉？"

爱情炽烈的温度一定是打败了老灵魂的注视。对姨妈和姨夫来说是如此，对李曈和穆成也一样。李曈在黑暗中躺在了我的身边，发丝轻轻扰动着枕头。"《勇敢者的游戏》好不好看？"我羡慕地转过脸。

"他亲了我的嘴。"李瞳答非所问地说。

很多很多年后，一个夏天的夜晚，我和我的姐姐李瞳终于又像曾经那样，并排睡在一张老式的大床上。寂静中，我们彼此呼吸的声音似乎和童年时并无区别。好像我们只不过是把外婆家里的那张床从龙城平移到了这个名叫"基辅"的城市。

李瞳那时候已经在这里待了三年，她从莫斯科转战到这里，原先也没想过这里的语言跟她好不容易才学会的俄语基本上没什么关系。距离她离开龙城，已经快要八年。那是我第一次出国，我想护照上第一张签证属于"乌克兰"的人，可能并不那么多。我来看看她。

她的中餐馆生意不错，可是难吃。我站在关公神龛的旁边，静静地看着她把一辆小货车慢慢地停靠在人行道边，然后跳下来，裹紧那件宽大的牛仔外套，招呼着她的伙计们去车上搬箱子——似乎是忘了把手刹拉起来。他们吆五喝六的喧嚣让路边过路的当地人一阵侧目，我的姐姐意识到了这点，于是她从容地转过身，对着这几个金发的路人嫣然一笑。他们淡漠拘谨的脸上闪过一丝尴尬——李瞳擅长这个，不分肤色种族和文化，她总有办法让别人拿她不知如何是好。笑容的余波停留在她眼睛里，她只好把它急急地抛给了我。她不再是那个自作聪明的少女，如今，她在风尘仆仆地生活。

隔壁房间的沙发上，睡着她现在的男人。据说他来自中俄边陲的小镇，个子挺高，有混血儿的高鼻梁和深眼窝，但即使如此，也跟帅气扯不上关系。他负责进货、收账、贿赂警察，李瞳在店里监督厨子和服务生们，闲下来的时候，他们之间交谈也并不多，好像已经这样胸有成竹地过完了半生。

"你要不要和他结婚啊？"我的声音打破寂静。她知道我没睡着。我也知道她知道："看你们的样子，早点结婚算了，也能安定下来。"

她"扑哧"一笑："你的语气真像外婆。"

"你呢？"隔了一会儿她问我，"你有什么打算？"

"我还能有什么打算。"我当时还开不了口跟她说——我和穆成的事情，"我的学校也不算好，签到银行的工作已经不容易了，反正我也不喜欢大城市，我回家挺好的。"

她叹口气，笑了："其实你从小就知道自己想要什么，比我有主意得多。"

黑暗中，我翻了个身，起身拧开了床头灯，我想干脆坐起来，跟她好好聊聊，可是她就在说完这句话的时候，陷入了熟睡中。她早已习惯了辛勤劳作一整天之后迅速地睡去。我很想念她，可是我知道，我们之间已经没有太多话可说。屋外，那个男人接了一个电话，模糊地用我完全不懂的语言说了几句，然后站起身，拉开了冰箱门。异乡的孤独就在那一瞬间淹没了我，我恨不能钻到冰箱里去跟那些食物饮料睡在一起。

我还没有来得及问她，既然外婆去世的时候，把我们一起度过童年的那套老房子留给了她，那么她为什么不能回家来。她一直都是外婆更牵挂的那个孩子。

我还没有来得及问她，是否爱那个睡在隔壁的中餐馆老板，是否像当年爱潘勇一样爱他。

红旗剧场最后的夏天，就像一次深沉的睡眠那么短。好像是一夜之间，"红旗剧场"那四个大字就消失了，那栋沉默的灰色楼房变成了一个大工场，如同怪兽，整日咀嚼吞咽着电钻的声音，还有那些叮叮当当的敲击，以

南极城传

笛安
TEXT

ILLUSTRATION
孙十七

及，酷暑将近的黄昏街头那个穷途末路的太阳。剧场里曾经的木制椅子被拆下来，一把又一把地，堆在门外的人行道上。白色油漆刷出来的座位号似乎不那么适应明晃晃的室外光线。我和李瞳站在街的另一边，有些错愕地听着那些椅子之间的撞击声，那些清脆的声音的源头，基本都是连接座椅和靠背之间的那个活动的铁制合页。每当电影散场，人们纷纷起立，那些椅子在一秒钟之内活了过来，迅速地、凶狠地轻盈了起来，飞回到靠背上，像是遇上了节日。"南极城。"李瞳看着那簇新的，但是暗哑的三个大字，不无惊讶地说，"是一个新的电影院吗？"

几辆呼啸的"二八"自行车从我们眼前疾驰而过，集体捏闸的时候轮子在水泥地上发出凄厉的鸣叫。车上的那些男孩子笑着、骂着粗话，只一瞬间，地面上就凭空多出了好几个还在冒烟的烟头，就像动物圈了地盘。他们是小流氓。不过我们龙城人不这么讲。龙城话管他们叫"赖皮小子"。这五六个赖皮小子从他们陨石一样的自行车上跳下来，带着因为飞驰而奔腾起来的温度，在我们面前灼热地戛然而止。

其中有一个，把眼睛转向了我们。那一瞬间我下意识地转过脸，捏紧了李瞳的手，用一种看似若无其事的语气说："姐，咱们走吧。"后颈上却是一阵突如其来的火烫。可是李瞳却似没有反应，这时候，我听到了来自背后的声音。

"南极城不是电影院，小孩儿，是迪厅。"

"你说谁是小孩儿？"李瞳的声音里有种奇特的清澈。这让我大吃一惊，她怎么敢用这种挑衅的语气招惹他们呢？他们说不定会揍我们的。我见过一次，他们围着李瞳他们学校的一个男生，轻松地微笑着，从四个方向慢慢逼近他，毫不犹豫地踩着地上几滴新鲜的血。

"你连南极城是迪厅都不知道，还不是小孩儿吗？"他脸上浮起了一丝微笑，好吧，我也承认，这个赖皮小子看上去，一点都不凶，并且，难以置信地顺眼，"小孩儿你是哪个学校的？"

"你又是哪个学校的？"李瞳抬起眼睛，一览无余地打量他。

"我？"他嘲讽地笑了，"要不我说你是小孩儿。我不上学了，我是混社会的，你懂吗？"言语间，掩饰不了地骄傲。他的那群朋友已经走出去了一段距离，三三两两地站在红旗剧场——不，站在南极城的台阶那里，冲他大声嚷："你还走不走啦？×你妈。"

"×你妈！"他大声地、元气十足地喊回去，从刚刚的普通话，换成了龙城的腔调。然后他转过身子，以一个轻捷的姿态，冲着他们奔跑过去。

"等一下！"李瞳甩开了我的手，往上追了两步。于是他也停了下来，猝不及防地、明亮地转过了脸庞。

"十四中，开学上初三，李瞳。"我的姐姐说完这句话，就拉着我头也不回地飞奔而去。龙城的夏日是凝固的，蠢蠢欲动的东西，只有我们鼓满了风的裙子。

"我叫潘勇——"那个声音追了上来，伴随着更远处那几个赖皮小子肆无忌惮的哄笑声。

潘勇和李瞳的名字，一年后，在那个圈子变得无人不知。南极城舞厅是他们所有人的疆域、城池，以及创造传奇的地方。那年头，龙城人还不会说"夜店"这个词，"迪厅"在我们这里，已经是个离"激情"和"堕落"最近的词语。按理说，那不是未成年人该去的地方，可是，谁知道我们龙城的成年人们都在夜幕降临之后躲到了哪里，要是没有这些赖皮小子，以及坐在他们自行车后座的姑娘们，谁知道南极城还能不能如今日一样，活在很多人尽管蒙尘，却从未消亡的记忆里。

　　十五元一张的门票挡不住他们。后来涨到了二十也不行——他们有的是办法搞到钱，五彩的霓虹灯在古老的街道上嚣张却宁静地闪烁着，可是里面却换了人间。音响粗糙，不过胜在霸道，鬼火一般蓝色的荧光切碎了那些扭动着、舞蹈着的年轻的躯体，震耳欲聋的音乐就是从那些破碎的躯壳里流出的血，可也是这音乐，成了代替血液注入到那些躯壳里的灵气。想要说句话就必须大吼大叫着，但是何必讲话呢？舞池的另一端不知道发生了什么，一瓶碧绿的啤酒像花那样，柔若无骨地绽放了。甩出来新鲜的、璀璨的白色泡沫，都是柔若无骨的。只有简短有力的超重低音是南极城的夜里唯一一样坚硬的东西，它是所有舞蹈的骨头，每个人都在跳跃摇摆的时候踩着它，就像踩着自己的心脏。

　　其实我从来没有去过那时候的南极城，我不敢，同时我不可能在夜晚的时候逃出去。家里总要有个人为夜游的李瞳望风，或者打掩护——不，算了吧，我就是胆怯。我还是迷恋着当外婆破口大骂的时候，胆战心惊地缩在小屋里，暗自庆幸着，还好我是个"乖孩子"，我可以躲进这三个字里遮风避雨。

　　所有关于南极城的故事，都是李瞳告诉我的。她带着一脸刻意为之的沉着，声音中却是掩饰不了的欢愉，以一种内行人的姿态，给我扫盲。

　　"咱们龙城主要就是这三个帮派的人——"她的口吻简直称得上是循循善诱，我再一次地被征服了，因为她又使用了一个让我肃然起敬的词语——"帮派"。

　　"北城区那边最厉害的就是赵锋，大家都叫他赵疯子，他手底下主要就是四个学校的人。北城的人都讲普通话。南城区数得着的就只有潘勇的老大了，他叫宋凯。其实你也见过他一次的。不过……"李瞳得意扬扬地斜睨着我，"宋凯那个人虽然能打，也豁得出去，其实脑子很笨的，特别二的一个人。所以我们才都叫他'二凯'啊——这么叫惯了，好多人都不知道他其实姓宋。就是因为他笨，所以他很听潘勇的话。南城这边的人都是讲龙城话的。再剩下就是西边铁路局那边的小孩儿了，是讲东北话的，他们的父母好像都是从那边迁来的吧——你不知道，他们讲话的时候真的都和赵本山的小品一模一样的……"

"可是，潘勇和你说话的时候不都是说普通话的吗？我听见过他说龙城话的，其实——怪怪的，他说得不是特别好。"我托着腮，不耻下问。

"这个——"李瞳露出一点为难的神情，"告诉你也不要紧。潘勇原本是混北城的，所以他原本的老大是赵疯子，可是，赵疯子当时的姑娘看上了我们潘勇——"

"啊？"我倒抽了一口冷气，"不要脸！"他们俩的道德观让我立刻认定了，赵锋的那个姑娘是个"骚货"，潘勇自然而然地也不是什么好东西。但我这么想的时候显然忘了，我的姐姐其实也做了和那个姑娘一样的事情。话又说回来，"道德"这东西，本来就是用在陌生人身上的。

"喂，不能那么说的。"李瞳轻轻打了一下我的肩膀，"关潘勇什么事啊？潘勇又不喜欢她，不过赵疯子不相信。那段时间赵疯子真的疯了，到处放话说要剁了潘勇。那些人成天四处地找潘勇，想要堵他。潘勇就是在那个时候认识了二凯的，还帮二凯约到了一个在溜冰场认识的姑娘。从那以后，潘勇就来混南城了。"李瞳眨了一下眼睛，"潘勇其实是个够意思的人，你知道吗？后来啊，赵疯子的那个姑娘很惨的，她在北城也混不下去了，原先那些巴结她的女孩儿都一个个地骑到了她头上。我亲眼看见的，有一回，在南极城里，赵疯子现在的姑娘碰上了她，跟她犯蹭，要她把身上那条裙子脱下来——因为那是原先赵疯子给她买的。她不肯。那个女的上去就给了她两个耳光，说以后别让老娘在南极城看见你，看见你一次我灭你一次。然后身边那几个女孩儿就拥上去把她的裙子硬扒下来了。胸罩带子都扯断了……"

"哎呀——"我感叹着，心里隐隐地有些同情那个骚货凄凉的命运。

"那次就是潘勇上去给她们拉开的啊，把自己的衣服给那个女孩儿裹上。你看，潘勇仗义吧？都被她害惨了，还帮她的忙。"提起潘勇的时候，李瞳脸上的表情很美。只不过，在多年之后，我才明白，那种表情叫沉醉。时至今日，我依然认为，那几年，对李瞳来说，是最美的时代。

潘勇是北城的叛徒，李瞳是穆成的叛徒。这两个叛徒就像两颗擦肩而过的流星那样，只需要对看一眼，就认出了彼此。

穆成坐在餐厅里，远远地冲我们俩招手。李瞳先看见他，也大方地跟他笑着。然后我们开始熟练地谈笑、叙旧、取笑对方，以及感叹时光流逝了。穆成说："我来点菜好了，我很会点。"我说："他什么都不会，除了吃。"李瞳在一旁微微地笑，我知道她在想什么，她在想我和穆成真的很像一对夫妻。她和穆成开始聊起了生计和工作，穆成问她，离开了这么久，现在回来，有什么打算。她笑着说原本倒是带着一些辛苦钱回来，打算回龙城做点小生意。可是看了一圈，好像什么都不大好做。谈笑间，他们甚至聊起了少年时代的背叛，似乎把那当成了一个笑话。

她已经可以笑着给穆成讲她和那个混血儿是如何惨烈分手的。我已经听她说过好几次了，但我依然不介意再听一遍。反正她的人生里，任何狗血情节都不奇怪。

但是李瞳没有顺便问一句，潘勇现在在哪里。如果她问了，我会告诉她。但是她不问。

　　我永远忘不了那个夜晚。就是南极城刚刚开张，我们第一次看见潘勇的那天。李瞳对着我们小屋的镜子焦躁不安地一件一件地换衣裳。昏暗的灯光下，她脸颊红红的，眼睛雪亮得像猫。"这个不好看，这个也不好……"她清晰地说，声音一如既往地清澈，但我隐隐觉得，那不是在说给我听。然后她突然把所有的衣服都扔在了床上，整个人不管不顾地躺在那堆横七竖八的衣服上面。头发乱了，看似不经意地，把脸转向了我。她突然笑了笑，轻轻地说："我该怎么办？"她的表情让我心里重重地一颤，她还不到十五岁，可是她眼睛里有种魅人的凄凉，我不懂那其实就是"无助"。

　　儿童的智商真的很低。我那时候以为，她真的只是为了衣服。我不知道我的姐姐陷入了前所未有的挣扎，可能，她自己都不知道她面临的那个东西，到底是什么。最终她选了一条白色的裙子，我们一致认为那很好看，不过，好像不够特别。于是她只好在那条裙子外面套了一个式样有点夸张、花纹也少见的马甲——那个马甲来自俄罗斯，那是姨妈和姨夫淘金的地方。苏联消失的时候，电视上整日在演克里姆林宫广场上惶惑的人群，我的姨妈和姨夫却从那些失措的眼神里嗅出了钱的味道。于是他们义无反顾地奔赴那个地方，每年都给李瞳寄回来一些我们龙城没有的玩意儿：样式笨重的皮书包、永远也拿不完的套娃，以及上面画着滑稽火鸡的雨靴……

　　几天后的某个夜里，我们的窗子上传来了一阵轻轻的叩击声。李瞳以一种闪电般的速度，从床上跳起来，穿上了她的行头。白色的底色，松垮的马甲的颜色像是层林尽染的秋天。现在想来那其实是一身荒谬的打扮，可是那时候，我的姐姐，那已经是她倾其所有的美丽了。她打开了窗子，蹿上窗台，跨了出去。——还好，外婆家住一楼。在往后的日子里，这个动作她会越来越熟练的。潘勇站在夜色中，冲着我们室内的灯光狡黠地一笑。

　　李瞳转过脸，把手伸进敞开的窗子，轻轻地摸了摸我的脸。也不知道是故意还是来不及，她没有绑辫子，她的头发松散地垂在胸前，有什么东西在她的发梢上跳动着——是一个全新的，让她本人也惧怕的自己在呼之欲出。她说："明明，帮我一个忙好不好？明天，去把压在我书包底下那封信交给穆成。替我告诉他，对不起。"然后她忧伤地笑了笑，用力地甩甩头，"我是真的没办法了。"

到底怎样才算"没办法"，我不懂得，但是我笃定地认为，就算是没办法，李瞳也是很过分的。她允许穆成亲她的嘴已经很不要脸了，在我好不容易能够消化这种不要脸的时候，她居然又一次地挑战了我的底线，抛弃了穆成——这明显是一件更不要脸的事情。委实令人发指。我不由得开始惧怕了起来，因为我知道，说不定有朝一日，我还是会像当初接受穆成那样接受潘勇——我怕我终究还是会把我姐姐的不要脸当成是习以为常，当然我也怕，也怕她还会做出什么更不要脸的事，让我再也无法习以为常地原谅她。

看着穆成呆若木鸡的脸庞，我轻轻地叹了口气，我想，那个再也没办法原谅李瞳的日子，说不定越来越近了。她让穆成原本亲切的眼神在一瞬间结了冰，她让穆成原本总是微微上扬着的嘴角那样尴尬地僵住了，然后扯了下来……她真的是太坏了。当穆成转身离去的时候，我义愤填膺地拉住了他的衣袖："穆成，穆成你放心，我不理他们了，我从此以后只和你说话！真的！"穆成冷冷地说："滚远点。"把惊愕的我晾在了那里。

算了，我再也不管他了，没想到穆成也这么坏，他是被李瞳变坏的没错，但是他眼下就是坏了。我宋明明以后不要再理睬这些坏人坏事，所以我还是会去和李瞳跟潘勇说话，气死穆成。我发誓。

其实我不想承认我很难过，只是我不大知道那是为什么。不过现在想想，一切都是可以笑着回忆的。我在十二岁那年遇上了我后来的老公。我通常是这么给别人讲述的。

有些事，我是后来才知道的。

几支舞曲之间，通常会有一首用来让人们跳慢舞的曲子。滑进舞池里的人明显少了，人们都撤到一边去喝饮料、点烟，心怀着鬼胎的男生女生可以就此靠近对方。暧昧变成了一样怡人的东西，因为欲望恰好停留在阳光普照的温度上。然后人们突然被一阵骚乱声惊动了，一个倒霉鬼横着倒在了舞池里，惹得几个女孩子尖叫着散去，像是一群水鸟。

几个人围了过来，对着地上横着的那人一顿踢踹。为首的那个，就是"二凯"。而地上的，自然是穆成。"你还想跟我们的人抢，还想抢我们的妞，你妈×的你真不知道自己是什么东西……"二凯一边踹，嘴里的咒骂一边变成有节奏的。那几个跟班自然像是领了圣旨一样，踢得更用力了。穆成在地上紧紧地蜷缩成一团，手臂护住了脑袋。

"老大。"潘勇从后面走过来，围观的人纷纷地让开了一条路，"差不多行了，老大。"潘勇说话的时候声音不高，可是已经自有一股威慑力。二凯立刻停了下来，那几个马仔也知趣了，只剩下一个反应慢一点的，还是在大家都停下来的时候补了一脚。潘勇蹲下身子，望着地上惨烈的败将，眼睛里一片宁静。"你还起得来吗？"他只是这样问。

穆成就像一条在甲板上打挺的鱼。周围人的身影都像是在水波里，泛着涟漪地起伏着。他终于慢慢地支撑起身子，一条腿蜷曲了起来，试图用一只手臂撑在地板上，站起来。潘勇静静地伸出右手，伸在穆成鼻梁前面，二凯的声音耀武扬威地传过来："算你杂种养的命好，我们潘勇不跟你计较。"穆成充着血的眼睛斜斜地望了一眼潘勇的脸，躲开了面前那只右手。

"等着我去搀你吗？"潘勇轻轻地笑笑，他不知何时从身后拿出一只啤酒瓶，用左手飞快地砸到了穆成的脑袋上。穆成应声又倒回了地板上，额头上流着血。周围的人群爆发出一阵欢乐的大笑。笑得最厉害的就是二凯和那几个跟班。"潘勇你牛×！"二凯一边笑一边用力地鼓掌。然后欢呼声此起彼伏，潘勇依然笑容淡淡的，俯身对准了穆成的耳朵。他说："她愿意跟谁走，她就是谁的。你要是连这点道理都不懂，那就别怪别人修理你了。"

舞曲就在这时候重新响了起来，人们毫不犹豫地重新滑进来开始跳舞，穆成依旧躺在那里，跳舞的人们小心地避让开了他。他终于可以重新爬起来的时候，一个女孩子的高跟鞋跟切到了他的小拇指。

潘勇远远地坐在舞池边的吧台上，朝着他的方向，像个国王。

当我再一次看到穆成，已经是两年以后了。

在那两年里，我长高了很多，换上了初中生的校服。我变成了李瞳的学妹，中学里面的人群似乎很复杂，在我想要接近那些老师的宝贝儿时，我小心翼翼地想令他们忘记我是李瞳的妹妹，竭力地想让自己看上去和那个沸沸扬扬的传闻中的"李瞳"截然不同；在我想要在另外一些人面前炫耀一下时，我会用夸张的语气谈论起我的姐姐李瞳和我的"姐夫"潘勇，顺便添油加醋地讲讲发生在南极城里，那些赖皮小子之间的故事。有人会偶尔用质疑的语气说："明明，你吹牛。"——因为我给他们绘声绘色地描述"二凯"如何带着他的手下，疯了一样地在一场斗争过后追到医院里去，赶尽杀绝地把"仇家"从急诊室的床上拖下来，随手拿起身边器械盘里的注射器，针头就直直插进肉里。我心虚地反驳她："这都是我姐讲给我听的，不相信的话，你自己去问她嘛。我姐在哪个班不用我告诉你吧，全校都知道的……"我当然知道眼前的这个老实人没胆量直接去问我姐，我这副狐假虎威的模样虽说不是对什么人都管用，但在大多数情况下，还是吃得开的。

我站在泡沫一样的人群中，和他们一样，仰望着关于李瞳、潘勇，以及南极城的传奇。如果说他们是明星，那我就相当于一个负责给大众爆料的娱记。我自认为我和那些庸俗的泡沫不同，因为跟他们相比，我离传奇多少还是更近一点。也就是说，在众多泡沫中，我算是那个最轻浮的、离阳光最近的。我的身体上因此倒映出浅浅的、绚烂的七色彩虹。尽管转瞬即逝，也足以让其他泡沫认为我是与众不同的了。那时候我不知道，终其一生，我只能拥有这种程度的与众不同。

我的成绩还和往常一样，好不到哪里去，也不会太坏。心情好的时候也能考出一个中等偏上的名次来。所以外婆对于我们班的家长会还是愿意去的。但是李瞳他们班的家长会，对外婆来说可就是个灾难了。每一次，外婆都是惨淡着一张脸出门，再更加惨淡地回来，李瞳自然是不在家的，外婆老了，也不再有往日那般咒骂的力气。她只是嘟哝着说："给她爹娘写信算了，让他们把她一起接到苏联那个鬼地方去算了，省得给我丢人，省得害我觍着一张老脸去给人家赔笑，早晚有一天哦，早晚有一天我死在她手上……"——在外婆的脑子里，"苏联"一直都是存在的，可是这诅咒就像老旧的巷口墙角的苔藓一样阴暗和无力。李瞳一如既往地招摇和堕落，我知道，外婆开始怕她了。于是在外婆眼中，我变得日益乖巧和可爱——因为我的存在让她觉得，自己还拥有一个长辈的尊严。每次给李瞳开完家长会，她都会破例允许我看电视看到夜深人静。我享受着这种突如其来的慈祥，心里再明白不过，与其说这是慈祥，不如说是投降来得恰当。

但是当我们班的家长会和李瞳他们班的家长会撞车的时候，就没有办法了，外婆总说："你去叫你爸妈吧，我得去你姐他们班上。""为什么？反正你去他们班也是挨老师骂……"我说，"不如就去我们班嘛。"外婆说："你有爸妈在龙城，你姐她没有。"

可是外婆不知道，那段时间里，我不想和我爸妈说话，不想和他们提任何的要求——不管合理的，还是不合理的。我讨厌他们。隔着薄薄的门板，我总是能听见我爸爸恶毒地说我妈妈是"潘金莲"，我妈妈说："对，我就是！谁让你他×连武大郎都不如……"他们以为我听不到，或者说，以为我听不懂。我才不要潘金莲和武大郎到我的学校去，和我那么多同学的父母坐在一起。那会让我觉得羞耻，觉得无地自容。

那是一个明朗的夏夜。有凉爽的、长长的风。我一个人走到外婆家楼下的宿舍院里面，刻意躲开了那些其乐融融的乘凉的人。明天就要放暑假了，明天就要开学期末的家长会了，我不知道该怎么办，我甚至觉得其实我根本就没有家长、没有家。我坐在坏掉的喷泉池边，眼泪无声无息地流下来。

一辆自行车"唰"地停在我的脚边，就像一匹骄傲的马，马上就要仰天长啸了。"明明，怎么是你？你怎么了？有人欺负你吗？"那个声音真是熟悉，我已经将近两年没有看见他了。"穆成？"我用力地在脸上抹了一把，仔细地扬起脖子看他。他和以往不同了，究竟是哪里不同，我也说不好。可能是长高了，可能是不像从前那样总挂着一脸傻笑了，可能是因为手指间多了一支烟，可能是因为眼神里面有了一种大人的味道。

"明明，要是有人敢欺负你，你一定要跟我说。"他说话的语气里多了一种简洁的狠劲儿，"我现在谁都不怕，你知不知道，谁敢动你，老子一定要他好看。"

"你要做谁的老子哦？"我挂着眼泪，突然笑了。我知道自己此时的语气和当初的李瞳一模一样。我还知道，他也想到了这个。

他眼睛里有什么东西轻轻地一闪。然后他挥了挥手，指间那个冒着烟的光点指向了不远处，那里有几个潦草地跨在自行车上的赖皮小子，自行车永远像是他们身体的一个器官那样，随时随地忠实地折射出他们所有的轻狂、不怕死，还有漫不经心。穆成说："看，明明，他们都是我的弟兄。要是有谁敢跟你犯蹭，他们都会帮你收拾的——我现在和以前不同了，你知道吗？"

我当然知道。穆成已经变成了一个赖皮小子，这就是他浑身上下所有改变的真相，我嗅得出所有赖皮小子身上的味道。我有些忧伤地想，不知这种改变和李瞳是不是多少有一点关系。但是我嘴里说的是："明天就要放暑假了，可是我找不到人去替我开家长会。"

"就这么简单？"穆成胸有成竹地笑了，"考砸了对不对？"

"才没有，班里五十六个人，我是第二十三名！"我受不了一个赖皮小子突然摆出一副长辈的样子关心起我的学习成绩。

"关我屁事。"他皱起眉头，可是粗鲁得不得法，"这么办，我叫我爷爷替你去开家长会，行吗？"

"真的可以啊？"我想我的眼睛一定是亮了，"你爷爷会不会觉得……"搜寻了一会儿词语，终于说，"你爷爷会不会觉得我也是个坏孩子呢？"

"他爱怎么想就怎么想，人去了不就帮了你的忙？还有什么可磨叽的？"

那一瞬间我觉得我有些理解李瞳为什么选择了她目前的生活。因为在赖皮小子们的世界里，好多东西都是简单明快的，当一个人总是抱着简单明快的心去活，才有可能毫不犹豫地做坏事。我呆呆地看着眼前的穆成，我心里还是清楚我和李瞳是不一样的。李瞳原本就是一个那样的人，而我，我想要逃到那个简单明快的幻象里去，掩耳盗铃地忘记所有不好的事情，觉得只要这样，那幻象就可以保护我。

于是我对穆成说："那个，我姐她……她最近常常和潘勇他们去打台球。他们南城的人总是在那两个台球厅里的，一个是'春天'，一个是……"我一边说，一边羞愧地意识到，我又一次叛变了。

"我知道。"穆成打断了我，"'春天'对面的那个录像厅是我们的人常去的地方。我其实见过她好多次。"

"穆成？"我惊讶地看着他，我知道"春天"对面的那家录像厅，那是李瞳跟我提过很多次的地方，"你现在跟'东北帮'混到一起去了？"

"你知道得还不少呀，小丫头？"他轻轻地弹了一下我的脑门，他的手指上带着微微的烟草的味道，那颗被抛弃的烟蒂像萤火虫那样飞进了越来越重的夜色里。我似乎已经快要看不清他的脸，可是我没来由地知道，他对我笑了。

南极城的传奇就是在那个夏天结束的。只不过当时，我们谁也没有预料到，南极城很快就要变成天边的最后一丝火烧云了。暑假开始的第一天，外婆像个经验丰富的猎人那样，终于成功地把李瞳堵在了家里。外婆边哭边骂的声音传进小屋里来，一起传进来的，还有李瞳无休无止的沉默。

"你就出去野吧，哪天你真的野出来一个野种你就歇心了，我不求你明年能考上大学，我只求你别整天跟着那群赖皮小子犯贱不行吗？他们是男人，和你不一样。你最终是要嫁人的。就照你这样天天混，——你将来不用孝顺我，你一毕业就到苏联找你爹娘去行不行，不用再回来，我不想看见你，在老毛子的地盘上你想怎么野怎么混都行，反正我眼不见心不烦，你就是别在我眼皮子底下混到杏花岭去，我说得够明白了吧……"

外婆的语言系统里永远存在一些莫名其妙的老名词。比如"苏联"，比如"杏花岭"——其实在今天的龙城，杏花岭不过是个再普通不过的居民区，但是在外婆年轻的时候，那里就是龙城的花街柳巷。每当外婆骂人的时候，嘴里蹦出这些家人以外的人不能理解的词语时，我都替她尴尬，因为她是那么认真并且愤怒，她不知道自己可笑。

伴随着外婆的声音，窗玻璃上时时传来的敲击声也让我胆战心惊，就像在为外婆的演说打节奏。终于我忍不住了，鼓足了勇气打开窗子，灯光一鼓作气地涌到了外面空旷的夜色里。我对满脸不耐烦的潘勇说："你走吧，我姐今天出不去了。"没等他回答，我就急匆匆地把窗子关上了。

如果李瞳不在我身边，潘勇从来不会对我笑的。这就是潘勇和穆成不同的地方。

外婆终于骂完了，李瞳狠狠地走了进来，坐在床沿上，死死地咬了咬嘴唇。像是发愣那样地瞟着窗口。"我跟他说，你今晚出不去了。"我有些心虚地说，"他，已经走了。"

"要你多管闲事！"她白了我一眼，终于找到了机会撒气。

"我怎么知道外婆会骂多久嘛，我还以为她得接着再骂上一个小时……"我心里突然很委屈：有什么了不起，不就是潘勇吗？不就是四处惹事的南城帮吗，不就是有个总是罩着他的宋凯吗？不就是四处招摇过市欺软怕硬吗？就觉得可以随便欺负我，随便对我呼来喝去的。李瞳你不要小瞧我，我不怕你，我咬牙切齿地想，你以为我永远做不到你能做到的事吗？我现在也不是……我被自己的念头吓住了，因为与此同时，我眼前闪现的居然是穆成的脸。

李瞳的语气还是恨恨的，但是内容已经和我无关。"外婆——哼……"她恶毒地笑笑，但是她充满恶意的微笑真的很美，"装什么正经，说我野，说我贱，她自己强到哪里去了？一把年纪了，还不是去和穆成的爷爷鬼混，整条街上连卖菜的都知道他们俩的事情，也不嫌害臊……"

"姐姐！"我大惊失色地打断她，她又让我害怕了，让我在一瞬间忘记了刚刚积起来的怨气，"你胡说些什么呀！"

"不是说现在。"她毋庸置疑地挥挥手，"算了，跟你说不明白，是我们很小的时候——"就在这个时候她的呼机响了，那是她身上令很多女孩子羡慕的又一个行头，尽管在今天，这玩意儿已经变成了历史的遗物。她拿起来看了一眼，倒抽了一口冷气，她说："完了。"

我只当她是大惊小怪，因为潘勇隔三岔五地总能碰上些来寻事打架的人，从没见过谁真的完了，往往，这样淋漓酣畅的战斗过后，换来的都是头顶贴着纱布，或者胳膊上缠着绷带的狂欢之夜，庆祝胜利，或者庆祝失败。大排档热气腾腾的，巨大的锅子像是活着那样用力地吐出袅袅白汽，似乎人一高兴也可以跳进去随意地、毫不痛苦地被烹调。叫嚷，疯笑，划拳，路灯惨惨地照至凌晨，隔着醉眼看过去，也会越来越暖和。

可是李瞳轻轻地摇摇头，惊慌地看着我，突然又笑了起来，其实我最佩服的，就是她在一切事情都糟到不能再糟的时候，脸上露出的那种做梦一般、把自己置身事外的微笑。她熟练地打开了窗子，转过脸轻描淡写地说："是穆成那个杂种养的，他带了东北帮的人，联合了北城赵疯子的人，把潘勇他们堵在南极城了，×的，我就觉得他当时不应该就那么算了的，可是我没想到，居然在这儿等着我。"

我听见"穆成"两个字的同时，也听见了自己轻轻地说："带上我。"

那一刻我才明白，原来我想得到他。这个因为想复仇所以才成为赖皮小子的穆成。那个属于我的赖皮小子，就是他，不是别人。

就像小的时候，我们知道怎么从后面的一条通道逃脱红旗剧场的电影票一样；如今，我们也知道该怎样通过曾经的、亲切的通道躲开南极城正门口的保安。不管这个建筑物被人们起了怎样的名字，只要你笨拙地从后面翻过墙，再踩着几个沉默的铁皮垃圾桶，就能抵达那个类似古墓的通道。它忠诚得就像是某种历史遗迹。我们俩已经分不清发出急促呼吸的，究竟是我们，还是我们脚下掠过的那道从小看着我们长大的老楼梯。幸运的是，后门没有锁，李瞳用身体用力地撞了一下，它就开了。我们熟练地钻进来，藏在两个巨大的音箱后面，巨大的音乐声像刀子一样直直地戳了进来，我第一次知道，原来声音除了可以塞进人的耳朵里，也可以塞进牙缝、塞进喉咙、塞进眼球、塞进胸腔——我的整个身体成了一个跟着这声巨响震动着的音符。可是我和李瞳还必须待在那儿忍受着，至少要等到一支舞曲完毕，DJ或许要换班的时候，抓个空当，才能顺利地溜下来隐匿于人群中。那支曲子是杰克逊的*Dangerous*，从那晚起，这支曲子就永远地沉睡在我的身体里，经常光临我或甜美或恐怖的梦境。就算今天，杰克逊的逝去也未能改变它的活力。

看上去一切正常，我是说，那是我第一次，也是唯一的一次来南极城。我看不出这里有李瞳说的那么危险，相反地，根本就不是我脑子里想象的那种凶暴的场面。不过李瞳的表情却是非常紧张，可能的确是有什么地方不对劲儿吧。比如说，舞池的中央，只有一个人。这也许不是那么正常的事情。那个女孩儿自己一个人跳舞，我从不知道一个人的身体可以这样自由，像是踩着地板在飞翔。她一脸的肃杀之气，似乎对四周完全没有概念。

音乐声就在这时候停了下来，猝然降临的寂静关掉了我整个人的开关。我的耳朵里落满了雪，空气的声音像雪花一样单调沉寂地代替了音乐堆积了进来。我已经忘记了我自己是来干什么的，我甚至在担心那个跳舞的女孩子失去了音乐该怎么办。但我显然是杞人忧天了，因为她还是静静地完成了她那个断掉的节拍上应该做的动作，一点迟疑都没有。

"这个疯娘们儿。"李瞳惊叹着，"她就是赵疯子以前的那个女朋友。"可是她的眼睛却是紧紧地落在远处，舞池的边缘处已经黑压压地站了一片人。我看见了潘勇，也看见了穆成。

"×。"DJ一边抱怨着，一边朝着我们的方向走了过来，我还来不及紧张，他就已经从我们眼前面无表情地走过去了。李瞳就在这个时候轻盈地从台子上跳了下去，奔向了那群严阵以待的棋子，但是我不敢。我只能躲在音箱的后面，看着那个跳舞的女孩子慢慢地走上来，走到我身边。

她略带嘲讽地对我一笑，然后用下巴指了指远处那群人："那里面，哪个是你的？"

我咽了一口唾沫，这个初次见面的人的戏谑给了我莫大的勇气，我轻轻地说："穆成。"

她惊愕地瞪大了眼睛："怎么可能？穆成都快被李瞳那个骚货给弄疯了，谁都知道，他混东北人那边就是为了今天——这里面能有你什么事？"

"你才是骚货呢。"不管怎么说我不许一个外人来攻击我姐姐。

她深深地看我一眼，在我开始害怕的时候我们身后那扇门被"嘭"地撞开了，二十几个人沉默地鱼贯而入，可以想到的，不可能只有李瞳知道这条美好的通道。那个女孩子的脸色瞬间变得雪白，于是我就知道了，领头的那个，一定是赵锋。

我也不知道为什么，在这个时候抓紧了她的手。"咱们走吧……"她的语气里居然有点依赖我。可是赵锋带的那二十几个人已经堵死了我们的来路，我不知道可以往哪里去，即便我责无旁贷地紧握着她冰凉的手。

我听见了穆成的声音，他的龙城话要比潘勇的标准很多，我就是在那一瞬间想起了他那个总是在红旗剧场咒骂坏孩子的爷爷。"我们从来没惹过你们南城的人吧？今天把潘勇留下，你们走，以后大家都还是朋友。"

"×你妈。"这个声音不知道是谁的，"我们的人你说留下就留下？都尿到我们南城头上来了，妈×的你还是不是龙城人？带着外地人来打自

The End

TEXT 笛安 ILLUSTRATION 孙十七

南极城传

己人，还要不要×脸啦？"

"你他妈耳朵里塞了驴毛吗？"穆成并没有抬高音量，"这是我和潘勇的事，和你们南城没关系，再说了，潘勇本身也不是南城的人。"

"少他妈废话了，我们老大一会儿就来，你是想现在死还是等我们老大来了再死？"

"二凯现在在我们北城的派出所呢。"一阵些微的骚动之中，赵锋冷笑着冲南城的阵营喊。他的声音有很好的共鸣，除了喊话，可能也适合唱歌吧。北城的人像支送葬的队伍那样，缓缓地从我们眼前掠过去，再一个挨一个地跳下台子。南极城已经被他们填满了。

"真的，你，我认识你，你不是南城的小刺头？你们的二凯今天下午跟人在我们北城干仗的事情你知道对不对？他们现在都在北城派出所写保证书——当然了，是我们的人报的警。你们老大今天来不了了——随你们的便吧，要么把潘勇留下，要么大家都别走——谁说潘勇算是你们南城的人？我们北城可一直没忘了他呢。"

不用多么聪明的人，也看得出潘勇今天算是完蛋了。其实这下我算是放了心。就像看球赛一样，我支持的球队基本算是赢了，我松了一口气，遥远地看着穆成扭曲了的侧脸，居然完全忘记了姐姐。好了，这下我就放心了，我不管你用什么方法，我只要你赢了潘勇。你一定要压倒他，谁叫他——谁叫他从来就不把我放在眼里。连我都看得出，潘勇那些南城的同伴在犹豫了，潘勇已经没有机会了。除非奇迹发生。

除非奇迹发生。

我不知道那个女孩儿——那个背叛赵疯子的前女友，那个可以静默着跳舞的骚货，是什么时候悄悄溜到了另一边。其实我也不太明白究竟发生了什么，我只看到她的周身升腾出来一股浓浓的白烟，在我惊异地怀疑她是否会施法力的时候，她尖厉的喊声响彻了整个南极城："着火啦——着火啦——"

我听见了黑压压的人群里，李瞳默契地尖叫："潘勇，快跑。"舞池边缘离出口最近的人群已经开始像麦浪那样起伏，他们一起往门边汹涌着，奇怪的地方就在这儿，门还是原来的门，但不知为何变得像堵墙一样，人群都在那里挣扎着，做着平日里奔跑的动作，可是谁也没能真的出去。另外一拨人和我一样，想到了那条秘密的通道，可是那个女孩儿穿越了人流来到我的面前，对我肯定地说："赵疯子他们上来之前，一定用那几个垃圾桶把出口堵死了，他一向都这样。你跟我来，我们到后面去，他们一定还是有人能把门弄开的……"

可是我的视线把李瞳弄丢了。我只能听见赵疯子气急败坏地大嚷道："都他妈傻×吗？那是干冰！"我身边的女孩儿脸上露出一丝得意的诡笑，我才明白她并不是会法术，她只不过是踩了一脚干冰机的开关。但是没有用了，人们已经齐心合力地把自己变成了洪水，妄图冲垮那扇越来越窄的门。

我却已经忘记了恐惧。我的大脑没法把"危险"二字翻译成身体的颤动。我还以为，我并不在那里。

潘勇却在这个时候跳到了吧台上面，他跳上去的时候看似轻而易举地把好几个站在上面的人推了下去。周围越来越乱了，嘈杂声中潘勇一路踢倒了一排或空或满的酒瓶。"穆成！"不知为何他暴烈地大喊的时候脸上居然绽放出一种少见的微笑，"穆成，着火就着火，老子今天烧死在这儿不走了，你敢不敢单挑？"

"潘勇你疯了——"我看见我的姐姐奋力地从人群里逆流而上，头发散得乱七八糟。穆成没有表情地看了她一眼，也跟着蹿到了吧台上，狠狠地抛掉了烟蒂："你以为老子怕你？"

他的鞋子撞倒了一个盛着半截蜡烛的玻璃杯，那一点点火光浸在了肆意横流的酒精里，有了灵魂，就在一瞬间长大了。像藤蔓那样，缠绕上了李瞳的裙角。不知道什么人的尖叫声炸开了："着火啦——"有一些人像麦浪那样前赴后继地朝着我拥了过来，我看见最前面的那排像是被后面的人踩断了腰，突然就变矮了，似乎要变成低矮的灌木，把醉生梦死的地板当成土壤，扎了根。

巨大的惊慌扼住了我的喉咙。那就是我对于那晚最后的记忆。当然，还有远处隐约传来的汽笛的鸣叫，有那么一瞬间我恍惚以为这人群变成了浪，有艘巨大的轮船要从他们的头顶上开过来了，我居然没有立刻想到那是警车的声音。

那是我们记忆里面，南极城最后的夜晚。

干冰的烟雾制造出来的踩踏事故让将近三十个人受了伤，有一个人从二楼跳下去，脑袋却正正撞上了赵疯子他们挪在那里的垃圾桶，当场死亡。后来引起的一场小火灾也烧伤了几个人，其中包括我的姐姐李瞳。

南极城被封了一段时间，重新开张的时候再也没有未成年人入场——也不是完全没有吧，只不过，它不再是一个酝酿坏孩子的传奇的舞台。因为曾经神采飞扬的角儿都已经散了场。二凯因为完美的不在场证明，没有和这场事故扯上半点关系，可是也正因为如此，他从派出所写完保证书回来的时候，发现南城的人已经不再听从他。借着这场乱，他们换了老大。而新的老大做的第一件事，就是毫不犹豫地从南城帮里把潘勇择了出去。赵疯子也同样如此，北城的人被警察带去问话的时候，众口一词地说所有的起因都是潘勇，最后的火也是潘勇放的。

李瞳沉默地躺在医院里，出事以来她没怎么说过话，即便我给她带来潘勇被送去少管所的消息。她出院以后就从学校退了学，真的像外婆说的那样，去俄罗斯投奔了她父母。她好像做过很多工作，帮她父母接待旅行团，弄点Made in China的衣服回去卖，到乌克兰去开中餐馆，已经是后来的事情。

我念大一的那个暑假，外婆去世了。临终的时候她已说不出来话，她轻轻地握住我的手指，我知道这已经是她全身能使出的最大的力气。我还知道她在惦着李瞳，李瞳那时候正在从莫斯科飞往北京的班机上，可是对外婆来说，多坚持一秒钟都是很困难的事情。她深深地、混浊地望着我，我想我们一定是不约而同地追忆着那些齐心协力地敌视李瞳的夜晚，因为她让我们害怕。李瞳乘坐的飞机在蒙古上空的时候，外婆闭上了眼睛，我想，说不定她们能在天上远远地对看一眼。

外婆的"头七"过完以后，我在外婆家老房子的楼下看见了穆成。他早就离开了东北帮，后来考到了一个邻近省份的大学。没有寒暄，没有问候，什么都没有，他只是问我："明明，愿不愿意去看电影？"我说："好。"走到电影院门口，他又问我："要不要买包爆米花？"我说："好。"他抱着满满一捧爆米花回来的时候，最上面的那几颗轻飘飘地弹跳在空气里，我轻轻地伸手企图接住它们，结果穆成抓住了我的手。

在离我们两百米远的地方，传来一阵鞭炮声，一家全新的火锅店开业了——是的，它就是原先的南极城。

我问过穆成，他是从什么时候开始喜欢我的，他说，他已经记不清了。这对女人而言，可不是一个政治正确的答案，但我还是接受了，的确是我先想要他的，我的愿望被神听见了。穆成再也没提过那段成为赖皮小子的岁月，他的整个大学时代，跟他走动频繁的朋友基本都是他的大学同学。虽然我觉得这没有必要，但是他如此强烈地用一种粉饰太平的方法遗忘着过去，那我也只好配合他。他是我的男人了，这才是最重要的。

我的男人现在是工程师，整日打交道的是一堆我看不懂的图纸。如果外婆看得到，一定会很开心。她向来知道我是不会出太大错的。

婚礼那天，天气晴朗。我们订的那间酒店正好位于南极城的对面。其实它现在已经不叫南极城了，它叫"重庆火锅城"，不过我和李瞳都拒绝这么称呼它。帮我换上最后一套送宾客的旗袍的时候，李瞳微笑着说："明明，我今天，真的高兴。"

然后她拎起来那件被抛在沙发上的婚纱，它像瀑布一样亮闪闪地流动于满室的阳光中。"你穿上试试。"我对她笑道，"说不定好看的。""好！"她爽快地褪去了身上那套伴娘的裙子，也不避讳屋子里其他几个女孩子。那件婚纱上了她的身，我才知道，她那时为什么毫不犹豫地说："好看的。"她对着镜子默不作声地转了一个圈，她知道自己有多漂亮，她一直知道。只不过，这件婚纱露出来她三分之一的后背，那上面盘踞着触目惊心的疤痕。可是她停在我面前，心满意足地说："照镜子的时候，我只需要看着正面，一切就OK了。"

跟着她突然走到了门边，打开了门："我到走廊里去，看看那面更大的镜子。""喂，神经啦……"我笑着骂道，"给人家客人们看见了多难堪！""不会的，就两秒钟。""不要，姐你给我回来……"真可惜穿了旗袍不大适合运动，我们就这样嬉笑着、打闹着，撞开了门。在这间酒店拿出来给新娘化妆用的房间对面，是一间没人会在意的会计室。我们的门开了的时候，对面的门也开了，有个穿保安制服的人从里面走出来，也许是刚刚领完薪水准备换班。

李瞳安静了下来，对面那个保安也是。

"潘勇？"李瞳轻轻地、难以置信地说。

"你好，李瞳。"潘勇尴尬地点点头，他脸上早已没了昔日的英气和狡黠，成了一个随处可见的三十岁的男人。他静静地，从上到下打量了李瞳一眼，突然笑了："挺好的。很好看。我要下班了。再见。"

当他的背影消失于走廊的尽头时，李瞳才如梦初醒地拎起裙摆，冲了过去："潘勇你等一下——"

"姐你疯了？"我在一旁紧紧地抓住她的胳膊，"你到底在想什么呀……"

"你知道他在这儿，你早就知道？"她火热地看着我。

"我也是不久以前才在这里看见他——我想告诉你，可是我不知道该怎么说，都过去那么多年了……"

"少啰唆！"她暴躁地甩开我的手，那一瞬间又变回了少女时候的浑球，"你以为我想怎么样，我还能怎么样？我只不过是想跟他说，这套衣服是你的，今天结婚的人，不是我。我就是想告诉他这个。"

她穿着那么重的裙子，以及七厘米的高跟鞋，居然也可以狂奔，真是厉害。

我站在落地窗窗口，看着李瞳拎着那身繁复的纱裙，毫不在意地裸露着脊背上醒目的伤疤，急切地出现在外面的人行道上，旁若无人。她向来都是个旁若无人的主儿。可是来往的行人里，已经没有了潘勇的踪迹。没有人知道北城帮和南城帮是什么东西了，没有人能理解一个与北城为敌、在南城混得风生水起的男孩儿是多么了不起。除了你我，不会有人记得。就连赵疯子、潘勇、二凯他们这班人马，都未必记得。

你能不能告诉我，你是不是还在爱他?

他是个小流氓，他是个赖皮小子，他注定了只能在那个年纪尽兴恣意地活，他已经烧尽了自己，他已经苍老，他注定了一无所有，他注定了一事无成。但是，你依然想告诉他，你并没有成为什么人的新娘。所以你依然爱他，姐，你真是个骚货。我想你知道的，我是多么想成为一个像你那样的骚货，我做梦都想。

可是我只是躲进了百年好合的谎言里，进入了轮回。穆成不是天生的赖皮小子，我也不是天生的骚货，所以我们遇到了彼此，我们发现了对方的秘密。于是我们踏实下来，发喜帖，放鞭炮，生儿育女。可是你和我不同，你和潘勇这样的人，在进入轮回之前，必须先要陨落，在坠落的过程中，擦出来最后那丝火花，把自己烧完。我凝视着你们，只有我知道，隐居于芸芸众生之中，最终成为他的一分子是多么艰难。对你们来说，都是艰难的，你、潘勇，还有南极城。南极城里飘出麻辣香锅的味道，宾客盈门，车水马龙。

我们的，永远的，南极城。

PHOTO / Fredie.L

创作谈

TEXT 笛安

勇敢一点

几个月前，我在飞机上看完了那部票房很好的台湾电影，《我的少女时代》。我看的时候就在想，若我回到我的那个闪着光的青春期，我会告诉十六岁的自己：亲爱的，你放心好了，你长大之后并不是那种你鄙视的胆小鬼。

十六岁的时候我固执地认为自己是个胆小鬼。那时候，我们太原有个很有名的迪斯科舞厅，是的，我知道你们不知道那是什么东西——那你们就去找找怀旧电影吧，在我的记忆中，少年时的我们口口相传的很多传奇的发生地，就是在那家据说很大的迪厅，名字居然叫"中国城"。

是的，这就是"南极城"的原型。那个神奇的所在，那个所有坏孩子的圣地，那个小混混儿理所当然地追逐小美女的地方……没听说过什么人真的买了门票进去跳舞，那里明明是一个江湖，太多的事情都比跳舞重要多了。于是，形形色色的故事就这样在少年人之间传了开来，谁和谁在"中国城"搞对象了，谁又因为抢了谁的女孩被群殴了，哪派人和哪派人在舞池里火并了，又有谁偶然遇见了传说中的某某某，其实也不像人们说的那么漂亮——时至今日，作为成年人的我，回忆起当初种种的故事，只有一个疑问：如果他们说的故事都是真的，那么"中国城"的老板究竟是个什么样的人，他为何会这么有耐心，允许这么多孩子在他的场子里胡闹——他还怎么赚钱呢？

2010年夏天，我写了这篇名叫《南极城传》的小说。当时我只想写点什么送给我青春里非常珍贵的一部分记忆。写好之后我不喜欢它，以至于这些年来我甚至没有

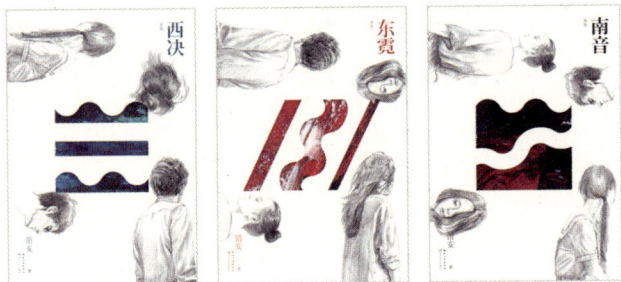

笛安长篇小说【龙城三部曲】系列《西决》《东霓》《南音》2015年再版封面

把它收入我的小说集，可是直到最近我才想明白我为什么不喜欢它——因为任何一篇小说，不管有没有作者本人的情愫在里面，不管作者个人的经验缠绕得多深，都不应该为了记忆去写——有时候个人的情感会妨碍你对整篇小说结构上的判断，当你过多代入个人情感的时候，就像喝了点酒，你以为自己柔情满溢，可事实上，在醉意中，你的表达的触觉是迟钝的。再隔段时间回头去阅读自己写的东西，便觉得不知哪里表达得好像有点问题，总之不够动人。

　　写作虽然发源于每个个体想要记录自我的渴望，但是玄妙的是，一个写作的人，跋山涉水，最终发现，原来优秀的作品，要的是那个所谓"自我"的消散，至少不能在写作时永远想着要如何强调它。读者没有义务欣赏任何一个人自恋的表演，而且，更重要的是，想要达成一部真正好的作品，你的"自我"也许像空气一样，字里行间无处不在，可是，又能真正遁于无形。听起来，这种修行已经跟写作没什么关系了，可是任何事情，我们若是认真地追问起来，总会追溯到这样的基本问题。

　　总会有人问我，这篇小说里，你自己究竟是姐姐，还是妹妹？所谓"虚构"，还真不是一件如此简单明了的事情。真正要讲的是那个姐姐的故事，所以我需要一个冷静、自然、观点跟大多数人接近的叙述者，那我自然就要设置一个"妹妹"，姐妹二人形成了这样的对照，不全是为了戏剧性的效果，对我而言仅仅是因为方便。我自己有过在海外求学的经历，我知道一个像姐姐这样出国去讨过生活的女孩子，脸上会是

笛安长篇小说《告别天堂》《南方有令秧》《芙蓉如面柳如眉》封面，短篇集《妖媚航班》封面

什么样的神情，但是讲故事的妹妹并不知道——她们是两个独立的截然不同的个体，那些告诉别人两位主角是他灵魂深处两个分身的作者，其实挺不专业的。

之所以把《南极城传》拿出来修改，是因为，总还是存着那么点特别的念头。中学毕业几年后的某个假期，我路过"中国城"的旧址，发现它已经不复存在，取而代之的是一个火锅城，店门口摆满了花篮庆祝开业大吉，我就是在那一刻突然想，得有人记得"中国城"，至少，我希望有人记得。

少女时候的我们，已经习惯了成人社会的游戏规则；而少女时候我们暗中用眼神追随过的那些飞扬跋扈的坏男孩，绝大多数，泯然众人，甚至是辛苦生活着，他们没能成为那些制定规则的人，一个曾经叛逆的人，最大的风险其实就在于，人生最精彩的那一瞬，在决定反叛的时候就已经结束了。所以，这篇小说，就送给那些男孩，也送给表面看上去理解了生活，其实是缴械投降的我们。

至少，《南极城传》里的女主角李曈小姐还是真正选择过自己的生活。即使一定要幻灭，也幻灭在自己的抉择中相对好一些不是吗？而我，那个年纪我若能像李曈一样勇敢，或许今天我就不在这里给你们打字了——一个不计成本选择人生的人，估计没空去写作吧。

她总算偶遇了多年前的那个人，我也希望她还依然爱他。

就连"南极城"都已经没有了，可是她的爱还在。

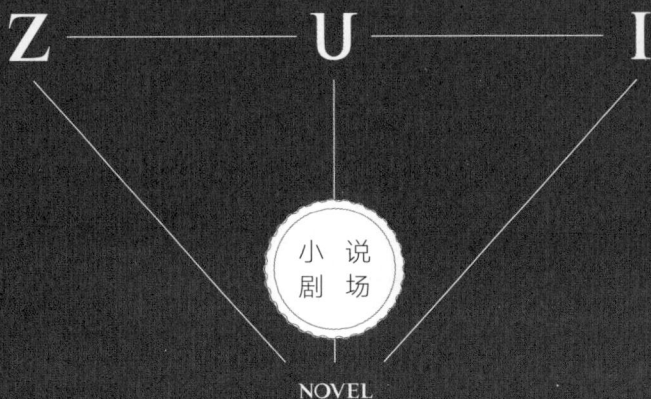

因为『喜欢』，
我们生出了千变万化的模样。

有人苦苦寻觅理想男友，却最终只能感叹一句"好男人都在哪里"；
有人眼中只有偶像的光芒，对现实中的爱与温暖，再也没有了向往。
痴情的人，念念不忘旧爱，哪怕永远得不到回应，也无法投入新的恋情，
而曾经十指相扣的甜蜜恋人，任时间把炙热爱意蹉跎得只剩默然相对，貌合神离。
……

我喜欢的

七种恋爱症结，讲述七类在都市环境之中，
人们追求、面对、经历爱情时，所遇到的种种苦恼与迷惘。
七个恋爱故事，透过文字悄然打开那些我们陌生却又似曾相识的都市人内心，
让孤独的灵魂在此相互依偎，温柔慰藉。

关于『喜欢』，我们寻觅、呵护、维系、逃避、挥霍……
每一个人，都好忙碌啊。

插图 / 木小雨 ASAPHZ

恋爱妄想症 Page073

恋爱精神洁癖症 Page057

旧爱执着症 Page049

婚姻恐惧症 Page083

恋爱漠然症 Page093

好男人匮乏症 Page103

爱情冷暴力 Page065

⊙ 小说剧场 · 我喜欢的

插图 / 孙十七

树懒大叔后遗症

TEXT

林苡安

夏清和连续四年给她的前任树懒大叔发短信祝福他生日快乐。也是直到第四年的时候，树懒大叔才终于回复过来一条："傻瓜，别等了。"这速度没比真的树懒快多少，夏清和却兴奋得在家里把被子都踢到了床下。

无论他说的是什么话，只要他愿意搭理她，她就觉得是一件好事。至少他们又有交流了，（要知道自从他跟她说完"分手"两个字以后，再没有接过她的电话回过她的短信，整个人就像失踪了一样，害她好一阵担心他是不是得了什么绝症不想拖累自己才分手的。后来经男方朋友证实他其实是劈腿了，浪漫凄美的爱情故事没有发生，她最终还是没有逃过命运的套路。）只要可以重新交流，说不定就能有进一步的发展，比如说，再从朋友发展为恋人。

真是不枉费她苦等了四年之久。

没错，四年时间，换算成日子是一千四百六十天，她！一！直！单！身！面对这充满男色的花花世界她都不为所动，着实比苦守寒窑十八载更加令人钦佩且匪夷所思。她自身条件不差，虽只有一张化了妆还算过得去的脸，但一米七二且不带一丝赘肉的逆天身材就足以力挽狂澜了，更何况她还有一份收入颇丰的工作。她完全是相亲界的宠儿。不明真相者总是替她惋惜——"这么好的条件居然还单身，真是没天理！这个世界上的男人都瞎了吗？我给你介绍！"然后介绍过一次以后就被打哑了。

就像我给她介绍男朋友那次，去之前她也曾犹豫再三，一边说着她最常说的那句"我的心已经死掉了"，一边问我几点在哪儿有没有照片可以先看看。临到门口了，她说她真的是不抱什么期望来的，走进去见到那男人后脸垮得比刚才那句话的语气还欠考虑，任那男人无论问她什么她都只是"呵呵"。不抱期望就不应该有这么明显的失望的表现啊。应该一开始就坚决地告诉我及其他的媒婆"我就是要为树懒大叔守活寡啦"才对啊，干吗还来见？其实来之前心里也一定有过渺小的对方是骑着白马而来的希望吧。

可是，万一他是一匹黑马呢？不跑到最后你怎么会知道他会不会赢？

相亲完回家的路上她突然感叹树懒大叔给她的第一印象实在是太好了，害得她总是会不自觉地拿相亲对象和他比较，一比较就全完了，连同坐在那里面对那个人都感到委屈。就好像许志安的一首歌里唱的"见过你的美，我还能爱谁"。我在心里翻了一万个白眼，我介绍的人是有多差。

"我真没看出来那个树懒大叔有什么好的啊！"

"不是说他长得多帅，就是那风度很迷人。"她的手在胸前绕了一下，"就是那种感觉，我也说不上来，一下子就俘获我了。"

我估计她说的是衣着品位。树懒大叔在穿衣方面很讲究，总是打扮得像从英国时尚画报里走出来的精英人士，因为有过一段留学的经历，时不时还跟你转两句英文，然后微笑着说不好意思习惯了，这样的一个男人很能唬住一大帮外貌协会、涉世不深的女人。在我看来树懒大叔对夏清和造成的最大伤害就是把她的品位调高了，导致寻常男人都入不了她的法眼。

"他后来做的事情真没见得有多少风度啊！前后落差大得吓死人！你不

会还想上一见钟情的当吧？"

"至少在不知道未来会是什么样的情况下，还是只能通过第一印象来判断啊。"她瞄我一眼马上补充道，"如果感觉不对味、话题不契合就真的没有什么好聊的了。"

"拜托你根本就没怎么跟别人聊好吗？你敢说你不是因为他看起来不如树懒大叔上档次才把他给pass掉的？可是这世界上绝大多数的男人都像他一样是个平常男人啊。"如果推开门发现里面坐的是吴彦祖，一定就会马上认定是他是他就是他他就是那个本命了吧？说什么感觉不对味、话题不契合都是花式扯淡呢！后面的这些话我没说，但这才是我想说的。

"经历过树懒大叔以后，我感觉自己再也不会爱了。"她目光幽幽地盯着前方说。

这样的丧气话最叫人来气："听着，一般来说，两人的感情是在对对方不反感的情况下，靠着温和而平淡的相处慢慢培养出来的，就好像我老公，刚开始的时候我也没觉得多喜欢他，可是他总是会在我最需要他的时候一个电话就出现，他每次出现的时候你都不知道我觉得他有多帅！这样的小温暖小感动难道不比一见钟情更来得珍贵吗？你一开始就拒绝甚至是排斥这种方式，当然觉得自己再也不会爱了。等着一个只一眼就能擦出爱的火花的男人砸到自己头上跟等着天上掉馅饼没多大区别。"

她听了我的话以后脸上飘过云淡风轻的笑容，好像在说，你不懂。

也许心里想的是：多幸运啊，树懒大叔就是这样的馅饼。

看她抱着手机一脸幸福的模样，本想说出口的挖苦的话到嘴边又咽下了，实在不忍心打击她。"那现在要怎么办？"我问她。就在刚才她告诉了我树懒大叔终于回复了她消息的事情。

"通过他的微博我发现他原来是和他现在的女朋友分手了，所以说，我的机会来了。"这四年里她没有一天不去看他的微博，估计她这辈子再没有做过比这坚持得更久的事情了。她还注册了一个小号去给他点赞，去给他的女朋友们点赞，去给所有有关他的微博点赞，这都是我无意中发现的，她可不敢告诉我她正在做这么手贱的事情，（如果你非要详细了解我是怎么发现的，我只想说微博无秘密，除非你的大号与小号之间没有一点联系，不然某一天你的小号就可能会屹立在你朋友的"你可能感兴趣的人"一栏里。微博的系统就是这么机智。）我出于好奇去看过她的小号内容，里面除了满满的点赞记录，还充满了对某个人的深切怀念，不知道的人一定以为那个人已经死了。扑面而来的忧伤的气息，和莫名其妙的心灵鸡汤式的自我鼓励，我关都关不过来。不得不承认，那实在是太装了。尽管她是我最好的朋友，我依然觉得太装了，害得我尴尬症都犯了。我知道她在等着有一天他会点进这个小号，然后，发现她还在默默地爱着他。

　　她想要的大团圆的结局不会发生。因为那个男人发现这一切后的反应只可能有一个，就是对朋友说："我去，那个女的好神！"如果觉得这样的反应太无情，那就把他和夏清和的性别对调一下，试着用女人的口吻来翻译，就会是——"妈呀，那个死变态不会有一天因爱生恨拿硫酸泼我吧？"

　　就是这样。

　　"你不会是想把他追回来以后再把他狠狠地甩掉吧？如果是的话我倒是举双手赞成！"

　　她瞪大眼睛，好像听到了什么奇怪的事情。"当然不是，你怎么会这样想？我是真的想跟他在一起，这四年里没有一天不想着和他在一起。"她倒是很坦诚。也许她就是靠着这样的幻想熬过这四年里所有寂寞的时刻吧。每当因为遇不到比树懒大叔更令自己怦然心动的人而痛苦时都会用树懒大叔来安慰自己，告诉自己没关系，这世界上还有树懒大叔，不管怎么样还有他在。一定是这样的吧。所以才会越来越觉得非他不可。

"拜托，你还嫌他伤你伤得不够深吗？还想再去经历一次？"分手的那天她一边用手背抹眼泪，一边哀求树懒大叔的朋友带她去找树懒大叔时的画面别提有多惨，就好像一个走失的小孩哀求路人带自己去找妈妈。树懒大叔的朋友实在没办法就给树懒大叔打了个电话，在喧闹的背景音乐里还是可以清楚地听见树懒大叔说你就说我没接。他不知道此刻她就在他朋友旁边。如果我是她那时我就死心了。

"这一次应该不会了。他经历了那么多的女人以后现在总该知道我的好了吧？最适合他的只有我而已。"

那他不是因为被你感动了，而是在将就。我担心这样的将就坚持不了多久。但我什么都没说，说了也是自讨没趣。

不过后来的事实证明我的担心是多余的，因为那个男人再也没有回复过她任何的消息，也许他的那句"傻瓜，别等了"不但带着无奈的语气，还夹杂着一丝丝的决绝吧。几天后通过他的微博得知，他同女朋友和好了，而且很快就要结婚。

夏清和面露绝望的神色。这下她那卑微的单恋被彻底地判了死刑，连同爱他的权利都被剥夺得一点不剩。

"那个女人怎么配得上他呢？"她愤愤不平地说了一堆那女人的坏话，最后不得不泄气地说，"好吧，只要他幸福就好。""你若安好，便是晴天。"这是她在她的那个小号里发的最后一条微博。

但愿她心里真的是这样想的。

这真是我在这个夏天里听到的最悲伤的故事。不过除非她愿意在这个周末在那一打相亲对象里选择一个还不错的男人好好地看一场电影，不然我估计这样的故事在她身上还会发生。

旧爱执着症

号称走不出"昔日的恋情"，实际是害怕新的开始，无法从爱恋的挫折中重拾自信。

插图 / 孙十七

独家专属

TEXT

余慧迪

⊤

　　事情常常是这样发生的：小荷一边刷朋友圈一边跟男朋友M聊天，然后M给她发了条似曾相识的消息，有时候是一张猫的趣图，有时候仅仅是一条皇马又换了新主帅的新闻，然后她想起这才刚刚在M的朋友圈里看过；又或者是收到M发来的一条新消息，过了一会儿却又在M的朋友圈刷到了一样的内容。同样的事情反反复复地发生，小荷已经记不起有多少次M是先发给自己、有多少次先发给了朋友圈。

　　这种细枝末节的小事自然是不好直接跟M发飙的，所以她只能朝我们吐苦水，目的也仅仅是为了一个"独家权"。如果已经公开发布了，我会看不到吗？但如果是先发给我看的，为什么其他人也一样可以看？我跟其他人有什么不一样？——说起来自己都觉得脸红的理由，男生的神经得有多纤细才能领悟得到？于是只能丢到宿舍夜聊的时候发泄发泄。

　　小荷最耿耿于怀的，莫过于她眼里只有"专属"，而M的行为方针却是"普施"。他们相遇在大学里的读书社。小荷是社团骨干，M被小荷的博古通今俘虏了。但他追小荷的方式，却是常常带一大兜子零食分予我们整个宿舍。小荷起初不太乐意这种人人有份的"被追求者福利"，可是曲线救国的法子的确好使，在吃了太多次白食之后，全宿舍终于齐心协力帮助M搞定了小荷。

他们确定关系后遇到的第一个节日是圣诞节。M请我们所有人出去吃了一顿大餐，而小荷没有得到任何礼物。

于是在情人节前，小荷花了整一个月来各种明示暗示：你要是再不给我买礼物，你就看着办。这次，她收到了一瓶雅顿香水。但是在此之前，小荷已经轻松地通过M的微博关注列表找到了他前女友的微博，发现对方在稍早的时候也收到了一瓶M送的雅顿。不出意外，这是小荷第一次闹分手。M特别无辜地说："她生日在2月啊，我又不会挑礼物。"

这次分手危机的解决是这样的：我们说服小荷，理工男的脑子比较直来直去，要好好调教。M的各种硬件都靠得住，缺的就是点心眼，但这证明他耿直啊。说这话的时候，我们的胃里都沉甸甸地装着M的免费晚餐。小荷之所以答应，一来是毕竟有了三个月的磨合基础，二是身边没有别的候选人，于是答应再相处一个月试试看。说这话时，她心里已经暗暗下定了决心，要大刀阔斧地开展对M的整治活动。

那时候的M充其量，算个好读书、好奇心也强的程序员，心思如同一张敞开的白纸。他对不需要用到电脑的东西，关注力非常有限。起初，小荷几乎不用费什么力，只消说："今天你去剪头发时不妨去掉刘海好吗？我觉得会很好看的。"或者："我逛街时看到了这件衣服，你试试看，应该合身。"凭着中文系女生的大把空暇时间和细腻到连一个纽扣都不放过的执着，小荷润物细无声地悄悄把M一点一滴改造成了一个独家定制的男朋友，从留的发型穿的服装，到看的电影去的商店，都是小荷内心属意的样子。

不仅仅是外形改造，从内在底蕴，都是小荷手把手地替他编程，替他修复bug，费时两年多才完成的。小荷几乎是强迫他从嗜好《变形金刚》和大仲马升级到了能阅读原版*Infinite Jest*和完整看完"蛋奶蜜三部曲"。凭借着理工男的逻辑思维高配置，M很快跳出小荷的圈子，拓展新天地去了，自己啃了肯·福莱特和J·J·艾布拉姆斯，然后盛情邀请小荷加入。小荷对于M能够跟她互通有无也感觉很惊喜。到后来，M出现在我们面前，焕然一新，俨然气质不凡的硅谷新秀，甚至可以冒充衣冠楚楚的律所新人。小荷感慨，现在他对新书新话剧什么的敏锐度，比我还高。

那时候M也对小荷百依百顺。毋怪小荷越来越觉得，幸亏当初没分手。

对于造出这样一个弗兰肯斯坦，小荷始终心里是有怵的。就像是亲手给自己造了一个软肋，而且还不受自己掌控，行动自由、思想自由、身体也自由。M跟着导师出公差的时候，小荷就躲在宿舍画小人儿。随着M的进步，这几年似乎没有什么太大变化的小荷自信心反而一落千丈。M现在变得太好啦，就像是一个私人定制的水晶杯一样发着光，她害怕的心情藏也藏不住。

这是前话。毕业之后M去了另一个几乎每天都有新话剧演出的城市读书。而小荷和我继续睡上下铺，每天坚持泡图书馆，不平衡感像6月的雨水一样弥漫到哽喉的地步。好比自己安心扎根在土壤里，细心耐心地灌溉着一朵文艺的花，那厢却像蜜蜂蝴蝶一样带着花粉四处传播。同样的抱怨渐渐多了起来：他为什么老是给我发新的演出展览信息？明明知道我看不到。为什么他总是给我发跟在朋友圈发的一样的内容？常常是兴致勃勃地回了他之后，一刷朋友圈，发现其他人也七嘴八舌地在下面发表评论，顿时就一顿泄气和恼怒，仿佛一夜之间回到了会为"这是我和你之间的小秘密，千万不要告诉别人哦"而生气的幼稚心境。憋到十几回，终于忍不住问，M也特别无辜地回："看到好玩的就想发给你看啊，有什么不对？"依此逻辑，似乎只有觉得感激和甜蜜才是正确的回应了。然而小荷嘟囔着，说不通，说不通，吵都没法吵，似乎，心里还是有一点点开心。

　　然而，恋爱中的刑侦工作往往是草蛇灰线，伏脉千里。异地时积攒的两三个月的疑心终于迫使小荷不光彩地偷看了M的手机，立刻就被当头棒喝打蒙了，魂不守舍地回来，说M很不开心，难得见一次面自己却丝毫不在状态，说什么都没有回应，极其冷漠。小荷说，但我又不能直接告诉他"我看了你的手机"。

　　M所做的，无非是把前几年小荷授予他的渔，又大爱无疆地授予了别人。连小荷都吃惊，以他现在聊文学聊艺术的恣意程度，哪里还有一点程序员的影子。他大谈毛姆的陈述和旁白过多，故事讲得平面又不够连贯，老喜欢停下来絮絮叨叨一番，更适合去当摘抄语录本；立意也不够高级，过于执迷剖析人性而缺了些对美的尊重。他如同一个智者、一个兄长，谆谆教诲人家姑娘去读陀思妥耶夫斯基。又说到理查德·张伯伦的美，顺便扯到宗教救赎和传道士精神，教育小姑娘不要只知道韩国明星，也别一提到演技就只知道阿尔·帕西诺。连村上春树那段著名的"喜欢你就像春天的熊"，他都原原本本地贴给了别人，美其名曰：佳文共赏。

　　小荷有气无力地说："真心地，感觉就是养了个白眼儿狼。"那些话，要么是她先教育M的，要么是他们深度精神交流时一起探讨得出的结论，要么就是M在早期被领进门的时候，看到简单的好看的句子，就贴给她说："哎呀！这段写得真好！"——跟"妈妈！糖果好吃！"没啥两样的。真是又可气又可笑。

　　积蓄了一池子分手的心，一却苦于没有正当理由，二也是舍不得花了大心血培养的人才就这么白白流失，终究是咽下了这口气。小荷安慰自己，才二十二岁，撩小姑娘，似乎是本能。要真能捡到个从一而终的，反而有种撞了鬼了的感觉。唯一有变化的，大概就是谈诗词歌赋人生哲学多了，而谈感情少了。反正一开始便是灵魂的共性吸引，经历过引渡和成长，现在归于平淡的智性交流，似乎也没啥不可接受。再到后来就是漫长的惯性作祟，再找到一个无须三五年磨合便能无缝交谈的，机会何其渺茫。"有个人能一直聊天就很不错了。"书读多了，便越是觉得懂得的道理都是诳语，唯一能够确认的也仅是个人的无能为力而已。先偷师后赶超的，汉娜·阿伦特、西蒙娜·德·波伏娃也不是没有，然而毕竟是天赋异禀的厉害角色。很多时候，女人都只是像小荷一样，空有一点聪慧，但大部分组成是软弱而已。

没过多久，一个正当理由便找到了小荷。小荷去M所在的城市看他，两人一起看了一场电影。一切都好好的，晚餐很可口，电影也很好笑，M虽然时不时会走神看手机，但小荷却没有因此而受到太多干扰。一切美好的氛围毁灭得太快，仿佛在参加婚礼的时候被猛扇了一巴掌——小荷随着电影笑得前仰后合的时候，电影院里的观众也笑着、起哄着，声音震耳，以至于小荷差一点就没有听到M非常不小心地脱口而出那句："待会儿他就要冲出去了！"

尽管M一路上解释了几十遍，他只是从预告片上看到了桥段，小荷还是坚持着冲上M的宿舍，没怎么费力就从乱糟糟的桌面上翻出两张电影票。M又开始费力地解释，对方只是个普通朋友，云云。小荷的脑袋一直嗡嗡响，根本没听他说了什么，内心终究想的是，不管这个理由听上去是真是假，只要给她一个契机就够了。为了报复M手机里诸多秘密而自己却不能明言的仇，她甩下两个字就夺门而出。

在高铁上，独自对着窗外风景流着眼泪的小荷突然被一个一闪而过的念头紧紧攥住了："M已经订了两晚酒店的啊！"不会顺势就被别人住了吧，小荷忍不住骂了一声。

小荷对M的想念溢于言表。毕竟真的可能是普通朋友也不一定。她还是没有删除、取关他的任何联系方式和社交账号。事实证明，干脆利落才是正确的行为。

某一天她微笑着给我们看她手机的聊天，是一张M在几个月前发给她的裸上身自拍；然后小荷打开微博，点进一个女生的主页，再次举起来给我们看了张一模一样的照片。这件事宣告M彻底从小荷的生活中消失。

群发实在是一件太泯灭尊严的事了。生病的小荷在被窝里看《她》的时候还忍不住笑了起来：从一个初始状态的机器人到同时跟8316人聊天并与其中641人陷入爱情，还一本正经地告诉男主角：爱得越多，心就会越大。这不是扯淡吗，初始状态的普通人，谁不是奔着那个永远的唯一向前跑的？但是小荷笑完之后还是公允地承认：我现在也不清楚抱有这种希望是不是只是幻想了。你想要一个人陪你走完全程，精神共鸣，激情、患难与共的陪伴，一起面对未知，这些你全都只想跟一个人完成。但是对方却可能有完全不同的想法。更何况哪怕对方曾经有过，步调不一致也会导致走着走着便走散。更多时候，可能遇到的，都是一群不介意多多益善的男人。

就好像有幸聊了一场毕生最愉快的天，一次次地推延对话结束的时间，结果对方打断你说，对不起我接下来还要看别的病人呢。你从长椅上睁开眼，感觉像做了一场舒服的梦，结果还是尴尬地逃出了房间。

毕竟爱情，从来克服不了孤独。

恋爱精神洁癖症

在恋爱中，对忠诚度有极高要求。一旦发现对方心不在焉或稍有异心，便立即提出分手。不允许有瑕疵的存在，信奉恋人是自己的忠实心灵伴侣。

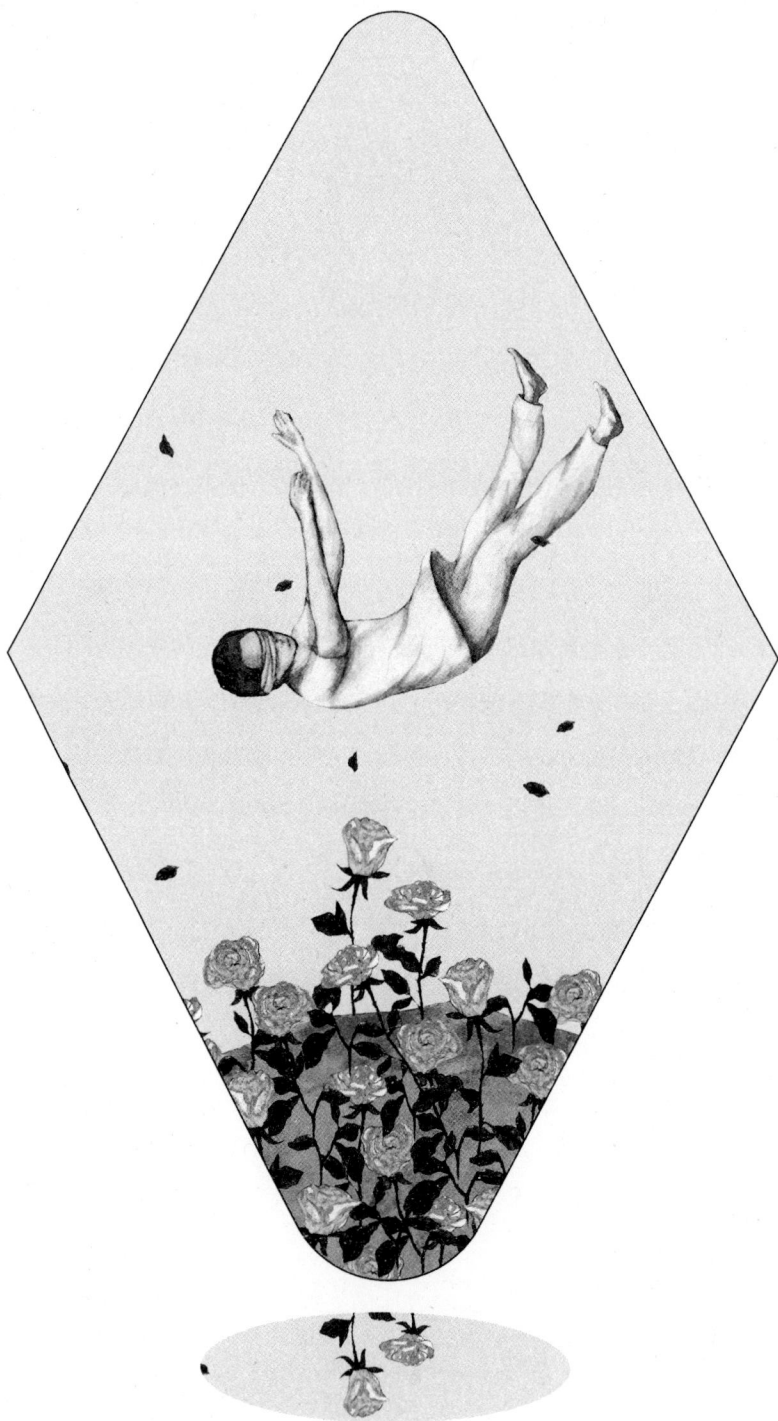

插图 / 孙十七

高空悬浮

TEXT

陈奕潞

博然回家的时候，客厅里趴着那只暹罗猫，因为没人看管又把拖鞋叼上了沙发。房间里像是蒸笼般闷热，左边房间的门紧闭着。他踢掉拖鞋，一头扎进沙发，打开了客厅的空调。

阿丛出来的时候，看见的就是博然裹着毯子在冷风嗖嗖的空调下睡着的模样。她皱了皱眉，拿过遥控器把空调关了，又把博然的手机从他下巴底下抽出来，放到茶几上。博然醒过来，问她："你干什么？"阿丛冷眼看着他："手机快掉地上了，我帮你捡起来。"又道，"吃饭了吗？"

博然没有吃晚餐，却不想接这个话茬。他向来不喜欢在她面前撒谎，一来没必要，二来他这一天折腾下来，多说一句话都觉得累。阿丛像是看透了他，趿拉着拖鞋去厨房间做饭，把剩下的粥煮沸，切冬瓜和排骨来煲。她一面准备一面说话，都是白天打游戏的时候遇到的事，他一个字都不想听，阿丛偶尔停下来，眼睛看着他，那个眼神里有什么东西像是快要摇曳熄灭一样，于是博然笑笑："那你完全可以不理他嘛。"阿丛嗔怪道："可不是嘛……当时没有想到嘛。"

低下头，两个人的嘴角都迅速地下垂。博然是淡漠而又疏离的，阿丛则带了一丝绝望，只是抬头盛汤的时候，她又开开心心，哼着歌了。

一年前做了手术，入了夏之后，博然的胃口变得更加不好。起初他还和阿丛抱怨吃的食物不合胃口，她反驳："你的身体是你自己弄垮的，不爱吃就不吃。"又比如："这个汤最养胃了，我阿婆都这么煮给我吃，你不识好人心。"博然自己在医院做医生，怎么会不知道什么能吃什么不能吃，但阿丛身上心里埋着一层固执，这固执里面包括了她爸爸妈妈和阿婆，他们说的做的就不可能是错的，所以即便从前被人骗了钱，也不是他们太过天真乱信人，而是那骗子可恶，下次再中招，如此几次三番，博然就再也不规劝，只在阿丛气哼哼提起的时候冷笑一声，她却要埋怨起他薄情来。

他们住在闸北一个偏角落的小区，十三层，太阳落山的时候看见如潋滟锦鲤的火色折反在对面大楼的玻璃上。博然端着汤碗站在窗边看，有巨大的如同螺旋楼梯一样的东西悬在远处的荒野之中。他揉了揉眼睛，又揉了揉。阿丛道："你吃完了吗？能坐下来好好吃饭嘛？什么毛病。"她语气里，他总像是她的儿子，又或者她的猫。她在她认为一定正确的事上，是丝毫不会讲究迂回和温柔的，永远都是一副颐指气使的霸道。他们最开始谈恋爱的那会儿，他对这霸道甘之如饴，只觉得她可爱，一切都愿意听她摆布。只是不知是不是手术之后身体一直没有康复，他心情糟得可以，手里剩下的那碗汤也忽然变得咸腻可恶起来。他把汤倒回锅里，把勺子扔在洗碗池。他动作没有收敛，带着报复和无所畏惧。把碗扔进去的时候，他是有种如释重负的感觉的。然而还没等他回到房间，阿丛便在身后尖叫起来："李博然！！你什么意思！！"

他推开自己房间的门，那只猫不知道何时蹲在了他的枕头上，看见他就像看见了鬼，急匆匆地跑出门外去。他关上门，坐在电脑前，打开《守望先锋》。那汤还是温暖熨帖的，让他多少恢复了精神。然而他刚刚进入登录界面没有几秒，阿丛便在门外开始摔东西。

博然把门插好，戴上耳机。一开始只是假装听不到，但进入游戏后，便很快真的听不到。他手机微信一条条振动起来："为什么你总是这样！""我到底哪里对不起你！""你敢不敢出来和我说话！"过了一会儿又变成了："楼好高哦，天边的云彩好漂亮。""从这里掉下去会死嘛？""我死了多久你才会发现？"

这种事已经发生过很多次，一开始博然会立刻冲出去，把阿丛从阳台上拉回来。但看她每次演戏演得多了，整颗心渐渐冷下来：她无非是想要找回对他的控制权而已。"如果你不听我的话，我就去死。"——这句话从来没有说出口，但这就是她手里用来威胁他的全部武器。博然集中精力打着游戏，不知过了多久，天黑下来，门外也变得安静。

博然伸展胳膊，摘下耳机。他中午吃得不多，有些饿，想要叫阿丛热饭，这才想起两个人之前不欢而散。他皱眉，站起身来推开门，隔壁房间的门开着，空调已经关了，但是窗户是开着的，窗帘在风里轻轻飘荡。他心里忽然猛地抽紧，走过去后，往楼下看了一眼。什么都没有。行人如常。

博然关上窗，回头到客厅和卫生间转了一圈，阿丛不在。那只猫也没有看见，博然一开始想它是不是从楼上跳下去了，最后却在鞋柜后面找到了它。博然不再担心，自己去热锅里的汤，开了火不一会儿发出煳味，这才发现阿丛把汤和饭都倒掉了。

心中升起无名火焰，袅袅翩翩瞬间熄灭，只剩唇边冷笑："贱人。"

他踱到窗边打外卖的电话，要了一份瘦肉粥、一份咸蛋、一份水饺。外面大桥上车流缓缓移动，像是一道细碎光点汇聚成的小溪流。然后博然又看见了那座巨大的螺旋形的通向天空的楼梯。他后退了一步，眯着眼看它。

如果不是自己的幻觉，那是什么呢？他打开手机，放到照相模式，拍照。大概因为离得远，又太黑，拍出来根本看不出是楼梯，倒像是远远的烟囱冒出的烟。博然有些兴奋，翻了微博和朋友圈，搜索关键词"闸北、楼梯"，一无所获。

　　外卖很快就到了。自己一个人安安静静地吃饭，博然忽然觉得一直压在胸口的那层雾霾一样的黑色不见了。如果阿丛天天不在家该有多好。这念头冒出来，他自己先吓了一跳。不过三年前自己不就是一个人生活吗？那时候碗柜里落满灰尘，家里还经常能看见蟑螂老鼠什么的。他也不觉得怎样。倒是阿丛来了之后，房间才干净明亮起来，桌子上原本油腻的塑料桌布被换成了粉色格子布和玻璃板，椅子上的垫子和沙发垫子也都是她选的，窗帘、墙纸、鞋柜，还有百叶窗。阿丛和她妈妈一样是一个闲不住的人，有时间总会打扫房间，把一切都整理干净。博然这样想着，脚底下忽然一痛，后退一步，发现那是一片没有收拾干净的瓷器碎片。他皱眉，想起了阿丛摔掉的那些他送给她的茶壶茶具。有一套日本来的蝴蝶茶具，茶杯把手和碟子边都有一只小蝴蝶，阿丛每次都要把两只蝴蝶摆到一条直线上。后来两个人吵架，她就全都摔了。不过说是吵架，博然其实每次都很少说话。有什么好说的呢，他知道她所有的台词和想法。也不是没有搬家离开过，但如果没有人打扫房间照顾自己的话，又觉得"凭什么走的人是我""她生病的时候都是我在照顾"。把阿丛当作钟点工阿姨的话，事情就简单很多。只要听着她唠叨，不用回应就好了。

　　但偶尔她用那个眼神看他的时候，他还是会觉得不好受。不是感同身受地为她心疼难过，热恋期结束后，他就再也没有对她"感同身受"过了。他看透了她是怎样的一个人，于是只剩下愧疚。那是"早知如此，当初就不该黏着你"的愧疚。他的爱是真诚而短暂的。她的却更迟来而又绵久，带着多疑不安和苛刻的控制欲，像是寻仇的千年宿敌一般不肯放手。但让博然结束这段感情再换成别人，他也是不愿意的。不是不能，而是太累。像是潜入深海拿到一颗珍珠后回到了海面，之后发现自己并不是个擅长潜水的人，也对那份黑暗有了厌倦畏惧。此时你说再一次下去就会有新的珍珠——不，还是谢谢了，也许去商场或者淘宝就足够。

偶尔会约新认识的女生出去喝茶，很神奇的是，阿丛总是会发现蛛丝马迹，而后借此小题大做、歇斯底里。为什么不论去哪里，撒怎样看起来天衣无缝的谎，她都会发现呢？博然觉得女人真是另一种生物，让他好奇的同时，又心生厌倦。那些小女孩也和当年的阿丛差不多，只是还不如阿丛专心，有时候做爱间隙还会时不时地翻看手机。博然对自己的皮相十分自信，却还是会在那小小的长方形电子设备面前败下阵来。她们拉着他合照的时候他也会有种说不出的违和感，觉得自己只是个证明她们自身条件优越的道具。

他不知道自己在期待什么。但那一定不是改变现状。现在一切都好，只要彼此不越过那个界限——

博然站在窗口，忽然睁大了眼睛。他看见阿丛从一辆银灰色的敞篷车上下来，和那开车的男人贴脸颊再见。她换了一身黑色抹胸配灰色外搭的小礼服，头发重新吹过，耳环在风里闪着锐利的寒光。她抬头看了他一眼，而后若无其事地进了楼。她那眼神里有种怨恨杀气，即便隔着如此高的楼层他都能猜出她在想什么。

博然站在门口等她。听见她用钥匙开门，闻见扑面而来的酒气："几点了，你知道吗？"其实如果不是刚刚看了一眼时钟，博然也没有察觉已经夜里十二点了。她出去多久了？刚刚那个男人是谁？但博然不想问她。想到她要借题发挥闹得他一晚上不得安宁，他就不禁握紧了拳。她不会怎样的。就算怎样他也不该感到耻辱，毕竟她不是自己养的一只猫一只狗，她有自己的生活。

阿丛醉醺醺地脱鞋，不知道是真醉假醉，摔在沙发上，拉着博然的衣服道："帮我把扣子解开。"他帮她把衣服后面的暗扣解开，看见她内衣和脖子后面他名字缩写的文身，诧异地发现自己无论身体还是心里都没有一丝波动。这就是不爱了吧。也没有来得及升华成相濡以沫的亲情，只是单纯地淡薄成了一种冷眼旁观的好笑心情。他发现她的肩胛骨那么瘦，脊椎也因为瘦削而突出来，从前觉得性感的小细节，都变得那么丑陋难看。这样一想，他心中忽然有了某种优越感。他一面剥光了她的衣服，一面把她像扔麻袋一样丢进她的房间，有种报复成功的快意。如果开了空调她明天一定会感冒吧。他最终没有给她盖上毯子，也没有打开空调。只是放任她赤身裸体地躺在那里，等着明天早晨醒来时的自取其辱。

收拾了所有垃圾，习惯性地没有带上钥匙出门，结果回来的时候才意识到自己被锁在了外面。博然捏着一包烟蹲在楼梯口发呆，听见一楼那对老夫妻争吵互骂的声音。他忽然很怀念自己小时候住的那个老房子，怀念爸爸还在，妈妈没有生病的那个时候。他们也会偶尔吵架，但两个人总是有很多笑话可以讲，不会刻意地控制彼此。也许他们之间也有他看不见的某些东西在平衡着彼此，也许有些人就是天生擅长婚姻，谁知道呢。

博然看着远处那悬在天空中的巨大螺旋形楼梯，他丢了烟蒂，朝它走过去。他不知道什么时候才会走到，也不知道自己能不能爬上去。爬上去会有什么呢？也许什么都没有。一个台阶和另一个台阶并没有什么差别，就像一天天一年年。但他还是走过去了，毕竟，他无处可去。

爱情冷暴力

爱情已经消失，却因习惯维系在一起。拒绝交流，刻意忽略对方感受，对对方的喜怒哀乐感到麻木不仁。

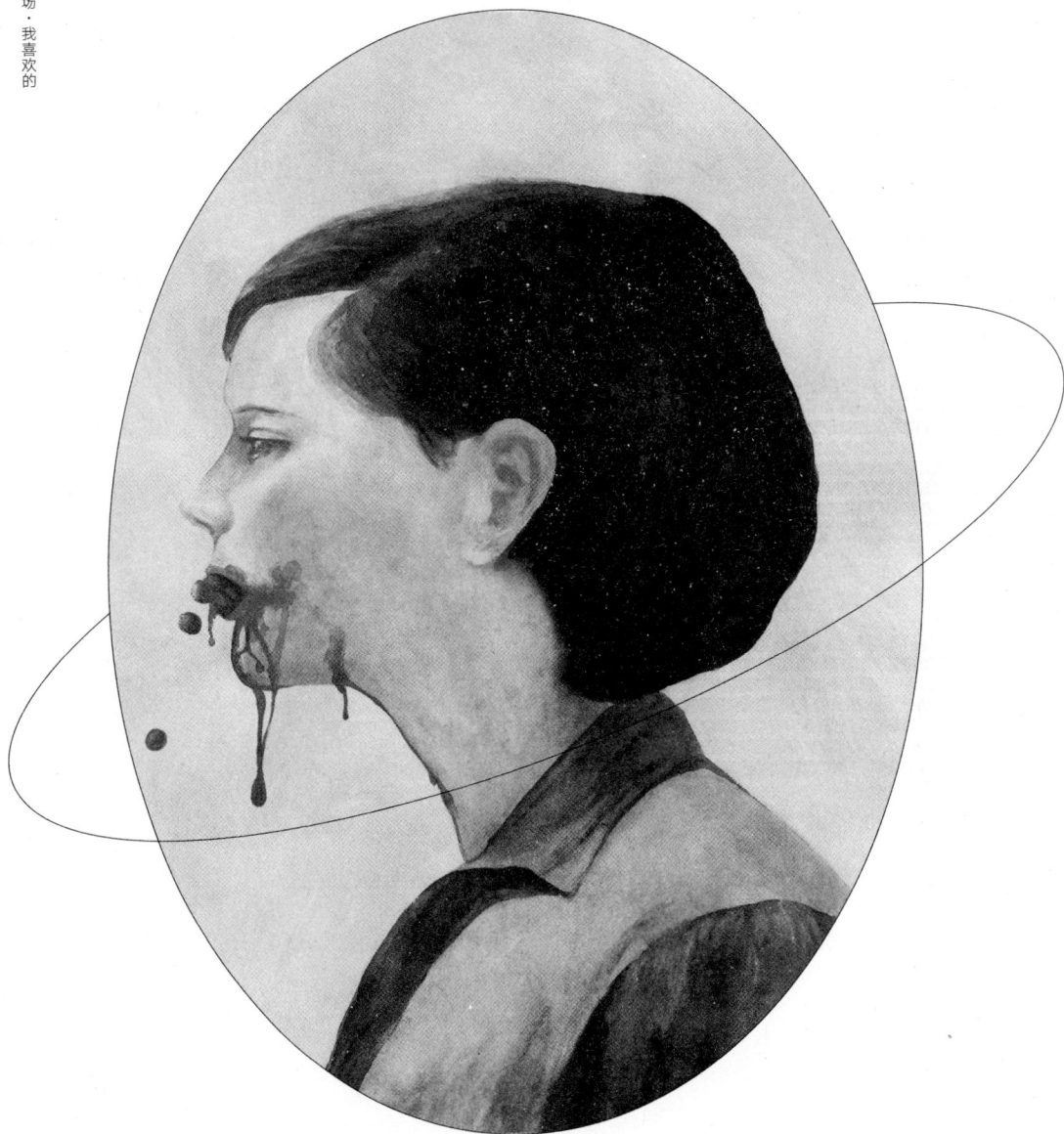

插图 / 孙十七

悲哀的果实

TEXT

幽草

01

时隔五年，姐姐终于决定再次去相亲了。得知消息时父母又惊又喜，差点要和我抱头相拥而泣。

我家两个女儿，和身为妹妹的我相比，姐姐的婚事才一直是爸妈的心头大事。从我上大学——也就是姐姐二十七岁的那一年起，时常能听见他们这样对姐姐发牢骚："你妹妹高中就带男朋友回家了，你怎么现在都没个对象啊？"连我都被卷入其中。

如今，姐姐三十二岁，恋爱经验依然为零，独自住在租来的三十平方米开间里，工作是在一家小公司里做会计，每天六点下班。下班后也不参加任何活动，就待在家里。出门的范围局限于离家最近的超市，大部分购物通过网络解决。只在每个周日遵照家嘱，回一趟父母家吃晚饭。

这样作息倾向的女人注定找不到男友。假如没在大学时代有幸遇到合适的对象顺当结婚，工作后俨然走上一条孤老终生的路。至于姐姐大学时代没谈恋爱的理由——"没办法，忙着爱K君去了，身边的男生根本没留意过。"

这是她对父母无法启齿，只有作为妹妹的我才知道的她的秘密。

K君是日本那支著名事务所旗下的人气男子偶像团体的成员之一，为避免麻烦，这里隐去名字，暂且称为K。姐姐中学时从流行音乐杂志上接触了此团，从她那懵懂纯白的青春直到现在，她的心里始终只有K君一个人。

喜欢一个爱豆到了没时间谈恋爱，甚至下班后都不出门的程度？

"你不懂。"姐姐振振有词，"你哪知道他们有多么火！每周固定的番组就有三四部，过去的补档啊都得看，而且还要上论坛看看最新的活动报道啊、和说K君坏话的人吵架啊。平时在群里跟太太们聊天、上日站看看有没有更新的同人，还要固定联系代购买新出的周边生写——总之，根本没有闲余时间，我的心灵也很充实。"

"总有什么空窗期吧，最近K君不是消息不多了吗，你怎么过的？"

"熬呗，等更文。F5的键盘都敲烂了，太太们还是不更文。"

"太太们？"我故意不纠结她的黑话，"那不如出门参加个聚会？"

"你是现充你懂什么，我根本没有可以参加活动的衣服嘛，而且还要化妆。"

"不要再对我说你们圈内黑话了！——没有衣服的话可以买，化妆可以学啊！你工资够花的吧？"

"奇怪啊，钱这个东西，买生写CD完全不心疼，拿来买衣服我就觉得浪费。"

"够了，你就孤老终生吧！"

姐姐是追星宅。虽然难以启齿，可这就是现实。互联网令远在海外的偶像团体的一举一动变得如临眼前，用流行的术语来说，我想这就是"云追星"吧。

02

姐姐从未和现实中的男人交往过，因此恋爱经验为零，这是自然的推论，任谁都会这么想，除了姐姐本人。

"论恋爱经验我比你还丰富。"她曾扬扬得意地对我说。是的，姐姐竟然也有过几次出轨。那是她刚开始工作的时候，工作繁忙，正好K君的事业发展也进入了瓶颈期，消息不多。姐姐的兴趣遂转向乙女向手游。

每周见到她时，她的手机待机画面都会变，都是K君型号的不同二次元男子，据称都是她的嫁。家族晚餐时没扒两口饭她就低头掏出手机，随即发出呵呵呵的谜之笑声。

基本上那时候母亲正在数落姐姐的又一次相亲失败，并邀请我和父亲一道品评。她拼了老命托关系找来的相亲对象，姐姐去是勉强去了，但一个也看不上。

"就说上次那个人，哪里不好啊？你说你姐是不是有毛病。"

"她得的是少女病啊。"我瞥了姐姐一眼，"幻想着故事里的王子会把自己接走，两个人一起住在谁也不见的城堡里。小时候做做这样的梦就罢了，都快三十了还这么抗拒现实。"

"我哪里拒绝现实了？"姐姐打断我，"我自己挣钱自己花，自己通马桶自己组书柜，一个人活得悠然自在，哪里不好了？"

姐姐就是追本土明星也好啊，我悲哀地想。至少本土的明星还可以见面，还能去参加演唱会签售会，可K君却远在海的另一边。去一趟日本对姐姐来说是遥不可及的愿望，所以她只在自己的脑洞里发展对K君的爱，可姐姐的真实生活却这样一点点地，被她的脑洞吞噬了。

"你也面对现实一点啊。"私下去姐姐住处时我温情劝告。姐姐正刷着微博，忽然尖叫一声，抬起头愣愣地问我："你刚才说了什么？"

"不……没什么，怎么叫这么大声？"

"K……K……K君要拍新电影了？！刚看到的消息，我马上去看看！"姐姐双颊绯红，全身洋溢着和爱人久别重逢的温情，"对了，你回去告诉妈妈一声。"她两眼依然注视着屏幕，头也没抬，斩钉截铁地说："我，再也，不，相亲，了。"——那是五年前的事。

03

姐姐决意再次相亲的契机，是两个月前的一次大病。姐姐在加班时忽然口吐鲜血倒在了工作现场，紧急送她去医院的同事们，在通讯记录里找到了我的名字。

急性胃溃疡出血，过着不健康生活的单身男女常得的病。病床上姐姐苍白的脸色让人心疼。可被她问："PSV带来了吗？"我又恼火起来。

"姐，你该不会要这样麻烦我一辈子吧？"

"你是我妹妹吧，照顾我怎么了？"

"我也有自己的生活，我还要成家呢。"我忍无可忍，"不然，你再去试试吧，你都三十二岁了。"

"我的心还十七岁，而且我也有爱人。"

"K君是吧。我就不说陈词滥调的一套了。我就问你，万一……万一有一天……你出了事需要人照顾，就像今天这样的。"我说，"K君能为你做什么呢？"

姐姐罕见地沉默了，在病床上抱住双腿，将头埋进膝盖里。

姐姐出院的那天，父亲开车来接她回家，母亲在家特意做了清淡适口的病号饭，一家人小心翼翼又气氛自然地提起了物色的相亲对象。"是个年轻的帅哥呢。"母亲说。"好像还喜欢日本流行音乐？"我插嘴道，姐姐敏感地看了我一眼。

"和你姐一样。"母亲冷笑着说。

"妈，不是说好了这次交给我吗，您就别操心了。"我抢着说。和母亲的斗争结果，这次相亲由我全权安排。对象也是照姐姐的口味拼命打探来的。为亲人做到这种程度，连我都被自己感动了。

相亲时间是星期六的下午，我陪姐姐去了美容院，又去商场买了新的套装和高跟鞋。化过淡妆的姐姐变成了一个姿色不错的美人，她过于明显的不安却传染给了我。

"姐啊，我看像你这样的偶像宅也挺常见的吧？只要把真实的自己袒露出去，总能遇上肯接受你的人。你之前的相亲失败，是不是因为你把本来的自己藏起来了？这次就跟对方坦白，不行的话就拉倒，反正是对方的损失。"为了给自己安神，我安慰她道。姐姐定了定神看我："……你很有经验啊。"

"你以为我谈过多少次恋爱。"我微笑着耸耸肩。

姐姐小声叹了口气，接着挺起胸膛。我注视着她像前往刑场一样，踏着高跟鞋，一步一步壮着胆子，走进了那间咖啡厅的门帘里。

04

电话那头姐姐的声音好像还没睡醒，迷迷糊糊地问我："怎么了？"

"什么怎么了，你对象两天没联系上你，找上我了！"我对着手机怒吼，听筒里姐姐嗯啊了一声。"你别挂电话！"我及时喝止住她，我很清楚，姐姐的毛病是一旦消沉就把自己关进房间里，电话不接谁也不见，"你在家吧？你把门打开。"

"我不在家。"

"少骗人了，我就在你家外面的过道上。"

姐姐啧了一声挂掉手机。门开了，她穿着睡衣、头发蓬乱、脸色苍白，神情极为不悦地转身在角落里的单人沙发上坐下了，抱着K君的抱枕拒绝和我对话，我找了把椅子在她对面坐下。

"不是难得彼此都觉得不错吗，趣味上也合得来。两天不联系，你那对象都急了。"

"别再说他了。"姐姐突然打断我。

"不喜欢他吗？"

"谈不上不喜欢，可是我没有和他交往的自信……"姐姐的表情好像快哭出来了，"……我就是不想和真实的人交往啊！和喜欢K君的感觉完全不一样吧！"

"当然不一样了……这才是现实中的交往啊。"

"和他说话的时候，我老得顾虑他的感受，老担心自己说错了话，一点也不自在。总觉得……就这样谈恋爱、结婚的话，那我一直以来的日子都算什么？我孤独一人时到底在坚持什么？我真的，只要有K就够了啊！"

她绝望得快哭出来了。沉默在这个凌乱的房间里飘荡，我的眼睛一会儿落在墙上的海报上，一会儿落在床上的等身大抱枕上、搁板上的CD上、角落地板上肮脏的小电饭煲上，不知该说些什么。

"我可能会一个人孤独地死去吧。"姐姐忽然抬起眼睛，不知所措地冲我笑了笑。尽管完全不理解她的想法，那笑容却蓦地令我感到哀愁。

——我也有过失意时想躲进一个深深的洞里不出来的时候。

如果说那个世界里的K君对姐姐来说，是一个安全、温暖、恒定的洞穴。

那么真实的世界对姐姐而言，不就等同于一个只有痛苦不安的地方了吗？

在这个世界里，她就像一颗悲哀的果实。在其他的果实都瓜熟蒂落被人取走后，仍然孤零零地挂在枝头，渐渐干瘪，无声落地，悄悄腐烂。

不爱上任何人，也不愿被人所爱。

孤零零地活着，孤零零地死去，像一个人孤零零出生时一样。对姐姐来说，这似乎也不是什么不可忍受的事情。——只要那个世界的K君还在她的心中。

这是病吧……也许。

　　受不了我的沉默，姐姐突兀地展开了话题："以后，你能不能每周给我打一次电话？万一我出什么事了，好歹有人知道……"

　　她一边神经质地反复抚摸着K的抱枕，一边故意不看我的眼睛说道："……不过，打电话太麻烦了，还是微信吧。"

恋爱妄想症

不想在现实中谈恋爱，从而寻找感情的寄托。或是二次元人物，或是偶像等。把"寄情对象"作为自己的恋人，从中获得安定感和满足感。

插图 / 孙十七

"陌生"的恋人

TEXT

陆俊文

几天没露面的雪梨突然炸开了似的，在语音群里说："我梦见张楠chu gui了。"

"出轨？"

"他那么老实一人，怎么可能出轨呢？"

"手痒，赶紧开撸！"

"不，是出柜。"

雪梨幽幽的一声否认，让我们这个游戏群里从七嘴八舌的调侃变成死一般的沉寂。

我偷偷点开小窗口私敲雪梨："一个梦而已，你没当真吧？"

她的界面一直显示正在输入中，断断续续，大概是写了删删了写，直到对话框里弹出一句——菲弟，这次你一定要帮我——铿锵有力、掷地有声，让我倒吸一口凉气。

大概两天前，我就意识到有什么不对劲儿了。雪梨在豆瓣上关注了一个叫作"同妻在行动"的小组，半个小时之后，她删除了自己的更新状态，只有进入小组界面里挨个翻找，才能看到她的名字。

小组的公告栏上写：小组为同妻们提供一个网络空间，互相倾诉生活故事，获得情感支持，追求幸福生活。

没想到雪梨这么快就开始采取行动了，悄无声息消失了几天，一出现就往群里扔一个重磅炸弹。

雪梨把我约在复兴SOHO的ZOO咖啡，那是张楠公司附近。她穿着一件夸张的狮子头连帽T恤，把脸藏在帽子和墨镜里，像是被家暴的妇女一样，透过镜片都能看出眼眶红肿。

"你哭了？"

雪梨摇摇头，一口气喝下一杯不放奶不放糖的黑咖啡，又示意服务员再加了一杯后，才调整好情绪，开始进入正题。

"帖子里说，文化创意，时尚行业，概率最高。"她把手机屏幕挪到我跟前，"我仔细想过了，如果是真的，我也不打算和他闹……但我真觉得不值，在一起八年了啊！"

她忍不住又要啜泣起来，我手足无措，连安慰都不知道从何说起。

"现在还没确认他就是吧……我们从长计议，你也别太伤心。"

"我怎么可能不伤心？光结婚，今年我就和他提了三次了，他每次都含糊其词糊弄过去了，我一个女的，本来主动提这种事就显得死乞白赖，何况我马上就要三十了，这八年的青春想想就疼。"

"这就是你开始怀疑他的契机？"

雪梨愣了一下，又摇摇头，再次把手机挪到我眼前："十条里面，他符合九条，结论说，我这是中枪无疑了。"

我半信半疑地看着那些选项："张楠是海报设计师，倒是符合文创行业……可是这'品位好，干净整洁，有用香水的习惯，关注国外独立设计品牌，会做菜'，这算哪门子评估标准？这些优点我怎么也能占个五六条，就被自动归类啦？"

"现在我宁可他少些优点，邋遢点，十天半个月不洗澡，审美土，我都能接受，只要他是……"

"行了行了，你这么挑剔的时代女性，张楠要真那样，别说你不可能瞧得上了，他给人做海报设计，早喝西北风去了。"

雪梨委屈地靠在沙发上，忍不住想抽烟，但和侍应生对视了一眼，还是把烟盒收了回去。

"或者，你有发现他留下的什么蛛丝马迹？"我试探性地问她。

"照片、微信、邮件、社交软件，能查的我都查了，一点线索也没有，干净得让我觉得可疑……除了他的淘宝记录！对，他最近突然收藏了许多旅行用品，保暖大衣、雪地帐篷……可我们也并没有要出门远游的打算啊，你说他是不是背地里有人？"雪梨往前靠近桌子，认真地望向我，"事已至此，我也想不出什么办法了，张楠反正没见过你，你去试他，总能逮着点证据。"

"可我……"

"你就说这忙你帮不帮吧。"

我能说不帮吗？雪梨一副要死要活的样子，她巴不得当着我的面连喝十杯黑咖啡，以示决心。只有我舍生取义才能保她幸福安康，我不下地狱谁下地狱？

我没想过自己会以这种方式介入雪梨的生活。我俩在一起打了快五年的游戏，直到不久前建了联系群，才发现彼此都在同一座城市。她英文名叫Sherry，在广告公司做了四年的文案，因为常年加班，每次上线时间都在后半夜。她和游戏角色里的形象一样，有时像霸气御姐，说一不二，有时淘气得像没长大的小女孩，撒起娇来，就非逼着我和她互换装备。要不是知道她有个长跑八年的男友，看到她哭起来楚楚动人的样子，我一定生出什么非分之想，而她也总是在和我僵持不下的时候，叫我一声菲弟，让我保持清醒。

按照雪梨的说法，张楠每天十点会特地从日月光下地铁，在桃源眷村吃完早点后往公司方向走，中午一点半吃楼下固定的沙拉和日料，晚上加班到八点多，不太累就会走往淮海中路散会儿步，经过MUJI和一家外文书店会停下来看看新出的设计书。

他们同居过一段时间，但张楠觉得，为了保持恋爱的热度，还是各自分开住会比较合适。雪梨为此生了很久的闷气，快三十岁的人了，还得和别的年轻女孩一起挤在出租屋里，看别人举着手机和男友视频花式虐狗，想想就委屈。他们其实早就过了刚开始恋爱的新鲜状态，怎么都只剩追忆。两人都念同一所大学，张楠是美术系，雪梨读新闻，还是学生会干部，因为做活动需要海报，而跟张楠有了最初的接触，和大部分普通情侣一样，日久生情，两个人也不需要多么漫长的拉锯战，很轻易就在一起了。

关于浪漫的事情，雪梨想不出多少，倒是滑稽的事，发生在张楠身上一大堆。比如还念书那会儿，上海的冬天特别冷，圣诞节，张楠要给雪梨送围巾，穷学生没什么积蓄，挑来挑去便宜的挑剔的张楠都不满意，于是便自己动手做，他做设计出身的，讲究艺术感，最后用系里展览剩下的铁丝和毛线拧出一个过分前卫先锋的围巾，两条彩带直冲天际，鲤鱼摆尾似的，雪梨不愿戴，他就硬着脾气挂自己脖子上，一出门，当然成为焦点。类似的事情雪梨数都数不过来，在她看来，张楠有时偏执得可爱，却也常常让人觉得不可理喻。

熟悉张楠的习惯后我开始制造和张楠相遇的机会，进展很顺利，我们是在上海外滩美术馆的张奕满展览上认识的，作为义工我替他讲解每个展品，但意外的是，我们并没有因为其中哪件作品而引起太多交流的话题，反倒因为展览邀请刘宇昆作为这个展览中道具书籍的提供者而引发了兴趣。

我们俩把阵地转移到了衡山路一家充满蒸汽朋克气息的复古酒吧，他给我透露自己其实是个科幻迷。这点是我意想不到的，他的样子斯文整齐，文科生的银边眼镜。喜欢科幻，难道不是理科生的专利吗？张楠摇头，他说他喜欢未知而神秘的东西，比如宇宙星辰、虫洞、上帝之眼，当然，往近的说，他希望能去一趟阿拉斯加看一次北极光。

"你想象一下，和自己爱的人，在空旷绚烂的极光下相拥，那是多么美妙的一件事情。"这样描述起来，张楠的眼睛是发光的。他还一副保持神秘的样子告诉我，他给自己的恋人准备了一份生日礼物，一起飞往遥远的北极过冬。

我喝了一口柠檬水，捕捉到他话里暧昧的气息，稳住情绪，托着下巴望向他："真幸福啊，那对方一定开心死了，可惜，我就没这样的福气，找到一个人真心待我。"

"年纪轻轻，说什么丧气话嘛！"张楠拍拍我的肩膀，笑得阳光灿烂。

"你们平时一定很恩爱吧？"

张楠想了想，认真地回答我："那样子算得上恩爱吗？可能用平淡而有味去形容会比较真切一些。虽然有些事情会遇到一些阻力，很多人也没办法理解，但我相信社会以后还是会更包容一些的，毕竟，21世纪一眨眼都过去十几年了啊。"

阻力。无法理解。包容。

多么像是边缘人群对自己困境的控诉啊。这几个词彻底激起了我的好奇心，感觉他喝了两杯酒下肚，就要开始和我掏心窝子了，我一边招手让侍应生加了两杯长岛冰茶，一边给雪梨发信息询问关于张楠喜欢科幻的事情——果不其然，雪梨表示浑然不知，甚至对张楠喜欢科幻这件事情都存有疑虑。

正在这时，张楠突然把手机掏出来让我看一张照片，是一个房屋模型。

"这是……你的房子？"我接过手机的时候，以迅雷不及掩耳之势迅速翻遍了他手机里的App，果然和雪梨说的一样，干净得不留痕迹。

张楠摇摇头："你有没有看过一个叫兰登国际的艺术团体做的'雨屋展览'？我在设计一个类似的空间，想要让人在室内就可以模拟感受极光的触感。"

"也是为了要讨喜欢的人开心？"

"这倒没有，我自己的私心而已啦……其实，我觉得喜好什么的，都是很私人的事情，即使是伴侣，也没办法做到真正完全地互相理解和感同身受吧。倘若彼此距离太近，那种恋爱时迷人而令人兴奋的气味也会全然消失，这才是最令人头痛的啊。"

我点点头："不过话说回来，你对感情的理解那么透彻，应该谈过不少恋爱吧，哈哈。"

张楠有些尴尬地笑了笑："其实感情的经历也是匮乏得很，次数什么的，真这么重要吗？关键还是有没有认认真真爱过一个人吧。"

几杯酒下肚，他醉眼迷离地看着我，我乘虚而入，扶他去洗手间，他有些晃晃悠悠，在镜子前洗了脸，依旧没有很清醒，满脸通红。我故意把洗手池的水开大，溅到他那件森永彦邦的衬衫上，湿了一大块，替他解开扣子透风。他的呼吸声很重，喘着气，忍不住一手抱住我，头朝我肩膀靠过来，就在我以为他终于要被我逮个人赃俱获的时候，他喉咙倾泻而下混浊的呕吐物，腥臭的酒气，殃及我这个池鱼。

出租车上，他一个劲儿地道歉，迷迷糊糊地把头低下来，迷离间，却又似乎把我认成了别人，吞吞吐吐带着抱歉的语气道："每次喝醉酒都要麻烦你……我真是太糟糕了……对……对不起……结婚的事情……一旦变成两个家庭的事……生活一定会陷入一团糟糕吧……我知道这有点自私，我不想耽误自己的创作……也不想耽误你……但是Sherry，我是真的深爱你的……你愿意相信我吗……"

我为张楠这番醉言醉语感到深深的同情，他这么一个避世型人格，是多不容易才向一个陌生人敞开心扉倾诉自己啊，话题还是对他而言如此惊恐的"婚姻"。他在车厢里把自己蜷成一团，时不时发出低沉的喃喃自语。

把张楠送到雪梨家的时候，他已经不省人事了，四仰八叉地躺在床上。雪梨开了灯，暖光，温馨的家的质感。耐心地帮他宽衣解带，又手忙脚乱地倒水招呼我。

"你查出点什么了吗？"她忐忑不安。

我看了一眼躺在床边的张楠，点了点头："呵，没想到他还真的是，一直对我动手动脚的，还猛灌我酒，不过就他这酒量，也是经常被人'捡尸体'的那一类吧。"

雪梨杯子没拿稳，差点摔地上。她急忙找了个椅子坐下来，颤抖地望向我，深呼吸。

"你打算怎么办？"我问她。

"知……知道了我也算是心安了。这辈子做不成夫妻，但他总需要一个人好好照顾他吧……如果他一直瞒着我，你说，我是不是该一直装傻下去比较好？"

我看着雪梨，轻轻冷笑了声："我就猜到你这窝囊脾气，忍气吞声，委曲求全。你知道吗？你和张楠之间感情最大的问题压根不是爱和不爱，而是距离感。"

雪梨一脸疑惑地看着我。

"你已经很久都没关心过他喜欢什么了吧？也从来不会把自己的心里话告诉他。而是一厢情愿地把自己代入生活剧的女主，怨念地把琐碎日常拼命堆到他身上，非得要像大多数人那样庸人自扰轻易就过掉一生。但实际上呢，你们都是需要私人空间和灵感的创作者啊，是少数人！"我看着雪梨，"一纸结婚证对你来说其实也并不是这么重要吧，况且三十岁，人生才刚刚开始，好好享受你们的极光之旅吧，实话是，他没有出轨，当然也不可能出柜。"

"极光之旅？"

"北欧神话里的极光是黎明的意思。你不觉得，爱情这东西，永远让它保持在破晓那种将明未明的状态最迷人吗？永远保持新鲜和陌生感，永远充满活力。"

我看着雪梨似懂非懂的脸，临走前又补了一句："听不懂就对了，如果连对爱情都要追究得跟算数学题一样清楚，那这辈子，还谈什么狗屁恋爱啊？"

张楠翻了个身，差点连人带被摔下床去，雪梨几乎是飞奔过去拉住了他，替他摆好腿、盖好被，又用湿毛巾擦着脸。张楠闭着眼，头顶的灯像旋涡一样照耀着他，在梦里，是一片一片轻薄交织的云。雪梨深情地看着他，嘴角像粘了蜜一样甜。

爱情啊，有爱就好，何必非要把自己关在烦冗的锁链里。

婚姻恐惧症

现代媒体经常就如何处理婚姻关系进行各种讨论，这种社会氛围使尚未走入婚姻的人们感到一种无形的压力。由于对婚后生活存在过多考虑，再加上成长环境等诸多因素，面对婚姻感到恐惧，想逃避。

插图 / 孙十七

爱的色盲

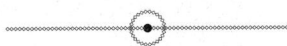

TEXT
陶立夏

⊤

⊙ 小说剧场·我喜欢的

"你知道婚纱一般怎么处理？"

陈启的电话是半夜打来的，睡意蒙眬间我以为这是一个脑筋急转弯，要认真想一想才答："还给婚纱租赁公司？"

"如果是定做的呢。"

"那，放衣柜里吧？"

"真的很庞大一条……"几乎听得到他在电话那头皱眉。

"谁知道女人的衣柜有多大啊？"我也不知道两个男人为什么要在电话里讨论这个问题，"要不捐给贫困地区做蚊帐？"

"是丝缎的，婚纱其实不是纱，做不了蚊帐。"这样就事论事的语气，百分百的陈启。

"半夜你跟我说这个？发生了什么事？"

"婚礼取消了。"陈启宣布正确答案，语气平静，"婚纱店把婚纱送到我这里了。"

这时我已经醒得差不多，却依旧分不清陈启的电话是不是梦境。我和陈启在大学时睡上下铺，毕业后一起租过房子，虽然因为他的洁癖不曾穿过同一条裤子，他却是我这些年难得的朋友。他的未婚妻我也认识，是比我们高一级的学姐。大学交往至今，我没有见过他们争吵。"有些人就是运气好。"看着师姐对陈启关怀备至的样子，有时候我这样羡慕他。

"明天我去找你吃饭。"

"我搬出来了，地址一会儿发消息给你。"说完陈启干脆地挂上电话，我却有些睡不着。当年我们法学系五十多号人，一大半是男生，还未出道就具备话痨属性，什么鸡毛蒜皮的事都可以争个半天，只为练嘴皮子顺便解闷。但是陈启惜字如金，喜欢独来独往，且成绩出众。这样特别，正符合我刁钻的择友标准。所以但凡家里给我寄了什么好吃好用的，我一律塞给陈启一半，渐渐地大家都知道，陈启和我关系好，且只和我关系好。连中文系那些眼高于顶的才女都在公开课结束后，想着法子向我打听陈启的喜好，问我能不能转交个书信什么的。

当年师姐在图书馆对陈启一见钟情，一个星期后当着大家的面将情书夹进陈启的参考书。"后宫佳丽三千啊。"我很为自家兄弟的魅力自豪，陈启不置可否。写了三个月情书没有得到回音后，师姐抄了份我们班的课程表，不管大班小班，专业课还是公开课，雷打不动地坐在教室最后一排等陈启下课，再跟到食堂。久了连导师都打趣陈启："你倒是表个态啊。"

大三期末考试前的晚自习，陈启转头对坐在他身后的师姐说："你想怎样？"师姐看着他的眼睛，一字一句地说："我喜欢你。"陈启耸耸肩，回了句："你这么想做我女朋友，那就做我女朋友好了，不要影响大家复习。"然后埋头继续看书。那天我陪自己刚追到的女朋友去看电影，错过了这场好戏。这事被其他在公共教室里复习的同学传了出去，据说别的系有女生捶胸顿足："早知道这么容易，我也玩死缠烂打这招了啊。"确实，他这个朋友我当年就是靠死缠烂打交上的。也有细心的女生说，她们看见师姐笑着笑着，偷偷伸手抹掉了眼泪。我不懂女生，只知道她们不开心要哭，太开心也会哭，心想那大概是心愿成真的喜悦吧。

　　第二天下班，我按陈启给的地址找上门去，刚进门，大雨倾盆。陈启到厨房看了看冰箱的存货，说："不出门了，吃面吧。"十多分钟时间已手脚利落地用香菇和笋尖当浇头做出了两碗乌冬面，出锅的时候仔细地淋上香油撒上细葱，芳香四溢。毕业后我们一起租房子住，那时候我就知道他的手艺，再有名的日本餐厅做的茶碗蒸都似凝滞的中年人，而他做的炖蛋是朝阳下雾气中的采茶姑娘，皮肤吹弹可破。

　　"怎么厨艺会这么好？"当年我曾满脸敬佩地问他。

　　"从小就会，不是什么了不起的技能。"

　　"从小就会？"

　　"爸爸在情妇那里不回家，妈妈忙着摆摊赚钱，不会做饭只能饿死吧。"记得陈启说完这话，去厨房再添了碗饭，"大闸蟹快上市了，我周末买几只蒸一下。"

　　师姐有时来玩，帮忙做饭，从不过夜。那时候时常单身的我好不容易在外面逛到很晚回家，推门总见两个人规规矩矩地在客厅坐着，师姐手拿遥控器看电视，陈启在一边看案例参考书。师姐见我回家，站起身来说："不早了，我也该走了。"陈启起身送她，也不挽留，只说："到家告诉我一声。"案件纠纷处理过那么多件，再不留意也能从他的语气里听出如释重负的意味。

　　师姐是在陈启三十岁生日那天求的婚，作为陈启的好朋友，我受邀去了餐厅。等我拿着礼物到了餐厅，才发现只有我们三个人。切蛋糕的时候，师姐对陈启说："我们结婚吧。"陈启将蛋糕轻轻放进师姐面前的碟子，说："你这么想结婚，那就结婚吧。"我看见师姐眼里有什么黯了下去，但她很快举起酒杯说："来，我们干一杯。"

"是，大喜事，干杯！"我也连忙举杯。碰杯的声音似乎太脆太响，把我和师姐都吓到了，只有陈启面色如常，他什么都没说，将酒杯里的葡萄酒一饮而尽。随后就是按部就班地找房子、搬家、定酒席，我看着有情人终成眷属，很是羡慕，决心不去理会之前那些不太愉快的细节。毕竟，至今没有找到所谓灵魂伴侣的我，对爱情和婚姻又懂多少呢？

如果说有什么伤感，恐怕就是陈启搬走后我再也吃不到那么好的饭菜了，后来找的女朋友都是职业女性，工作上雷厉风行，但厨艺就十分勉强了，不及陈启半分。在秃黄油盖饭还没有流行起来的时候，陈启就会在周末去菜场挑几只膏肥体壮的大闸蟹，蒸熟后细细拆了，等米饭煮好，再将蟹肉与膏撒在饭上，淋些许酱油，没有多余的配料，但那清甜醇厚的味道，可以铭记终生。这么顾家会过日子的男人，谁嫁给他都会幸福的吧。我曾这样想。

那年春节他突然来我的住处借宿，白天也不出门，只关严了窗户睡觉，晚上给我做大餐。

"不陪师姐回家拜年？"

"我连自己家都不回，回她家干吗？"

"过年嘛，图个热闹。"

"我不喜欢过年，尤其是节假日里突然响起的烟花爆竹声，仿佛别人都在庆祝，独独我错过了，还不知错过了什么。"

我默默喝鸡汤，大概知道他说的是什么，但又不那么确切。

天色黑透的时候，雨停了，空气里有湿润的凉意。

楼下又开始有人来往的声响。和布置精致的新房比起来，陈启的新住处未免有点简陋，三四十平方米的小公寓，电脑、领带、鞋袜、餐具、手机……什么都在触手可及的地方，已有典型的单身汉风格，除了客厅角落那件闪闪发光的婚纱。

"没有挽回的余地？"

陈启扫一眼客厅角落的婚纱，摇了摇头。我叹气："这么多年，怎么说分就分了呢，是个人都知道师姐爱你。你小子，外面真的没有情况？"

"是她提的分手。"

"我把房子留给她了。之前的首付，再加上之后每个月的贷款，我也没有别的积蓄。好在没有亏欠她。"陈启的语气干脆利落。但爱不怕互相亏欠，要的是不计得失、有借有还的长久。

合租那时候我们的水电煤气账单清清楚楚地分摊，但是买菜钱他从不肯要我的："过去吃了你那么多顿，当我还人情。"陈启这样冷的一个人，有时我怕人情还完了，友情也就到了尽头。但他隔三岔五还会找我吃饭，我依旧是他难得的朋友。

我突然意识到，似乎就在眨眼之间，大家已毕业多年。以为彼此经过这么多年历练会对那些曾远而抽象的概念，比如说家庭、婚姻、幸福诸如此类，有多一点的了解，可以从容地应对自己的生活。但其实并没有那么容易。我不禁有些恻然："发生什么事了？"

"是啊，发生什么事了。"陈启的语气听起来比我还迷惑，像个哲学家，"那天下班回家，她因为工作上受了委屈，说着说着就哭了。可工作不就这样，要是每天开开心心的，老板何必付我们工资呢？我这样劝她，第二天，她就说要分手。"

"既然你想分手，那就分手好了。你是不是这样回答的？"我几乎是苦笑着问了这个问题。

陈启抬头看了我一眼："对。她想怎样就怎样，还要我怎样呢？"我仿佛又看见了大学时候的那个陈启，执拗、不善交际。我以为他这些年终于学会了圆融处世，享受生活的稳定和美，或者说忍受着中年渐近的钝刀之痛。但他的性格依旧和他的言语一样，寡薄得像把刀。

"你没有好好和她谈谈，给她出点主意？"

"每天上班就是处理纠纷，回家还不能休息吗？"陈启摊手。但陈启在工作上的耐心，一直颇有口碑。当年他在法院实习，律师都喜欢带着他对付争吵的夫妇，因为他冷静理智，好像有用不完的耐心。作为他们部门最受青睐的实习生，他还有另一个无人可取代的专长：粘贴被撕得粉碎的结婚证书。之前的实习生最多能处理三张，很快就向导师求饶："再这样下去我都不相信爱情了！"陈启接手之后，一天就能粘上五六张，手法娴熟，技术完美，无论撕得多么碎，边边角角都能仔细粘妥。

"你就不能拿出当年粘结婚证的耐心来吗？"

"真的没有比撕碎再粘起来的结婚证更滑稽的东西了。"陈启苦笑，"你知道为什么别的同事做不来，而我能坚持吗？不是凭耐心，凭的是不用心。因为我对婚姻这事情，不心存期望。我愿意结婚，就是愿意负责。责任感难道不比听废话的耐心可贵？"

"你知道师姐喜欢什么，不喜欢什么吗？"

陈启想了半天，说："她喜欢喝一种叫洛伊柏丝的红茶，逢年过节我就买了送她。她总是高高兴兴地收下。不过这种茶虽然看着好，红艳艳的，但凉了以后特别苦、特别涩。"

"还有呢？她喜不喜欢花，喜欢去什么餐厅之类的？"

"过日子嘛，哪有那么多风花雪月。"陈启摇头，"我也不知道自己做了什么，让她决定分手。你说，我做错什么了？"他要的不过是一个妥帖的同路人，衣食丰裕，可以坦然地互相尊重并允许彼此忽略。

"或许不是因为你做了什么，而是因为那些你没有做的事。"就像那杯被忽略的红茶，在他不曾觉察的时候渐渐失去了温度，他无从得知从浓郁到苦涩发生了什么。

"师姐很爱你，这大家都知道。"

陈启沉默了，收拾干净碗筷，开一瓶啤酒递给我："其实，除了不知道她为什么要分手，我到现在都不知道当初她为什么喜欢我。现在想想，既然我懂不了她的悲伤，那自然也不会明白她的快乐吧。"

"但是你们在一起这么多年。"我是真的舍不得，这段见证过我们青春岁月的感情。

"你还记得那对筷子夫妇吗？"陈启问。

"当然记得。"怎么可能忘。当年陈启毕业后去法院实习，给负责民事诉讼的律师做助理，负责的案件里属离婚纠纷最多。一次随律师去当事人家里记录财产，陈启数完家电和家具，连锅碗瓢盆都一一清点记录，最后剩下手里的一把筷子，数了三遍，确定是奇数。

"这最后一根筷子，你们也要一人一半吗？"他郑重地问离异夫妇双方。

两人同时愣住了，女方先回过神来："我让给他好了！"

男方不甘示弱："谁要占她便宜！不知道她回头怎么跟人讲！"

陈启把筷子递给男方："既然这样，你来掰吧。掰不断就用刀，菜刀刚才登记为女方财物，你问一问她是否肯借你。"手起刀落，筷子一人半根，顺利完成财产交割。可惜这不是个快意恩仇的江湖故事，但确实也是法院诸多传奇中的一则。陈启"一战成名"，遇到难以调解的离异夫妻，大家都会带上陈启，因为没有人能像他那么冷静理智地应对那些撕扯和纠缠。

"和一个人一辈子柴米油盐，靠的不是爱，是忍耐。要忍耐另一个人的存在，似乎没有多少难度，但也可能非常难。"

"你是说，和谁一辈子，都是差不多的，是吗？"

陈启叹口气："难道，不是这样吗？婚姻关系的续存靠的是彼此的契约精神，不是爱，否则哪需要签字。"

我无法反驳，因为生活确实有各种面目，没有一样是标准的正确答案，但那一刻我明白了师姐的决定。就像当年她勇敢追求爱情一样，在知道自己爱的人永远无法回报同等的深情时，她以同样的勇气选择了主动放手。她一定努力等待过陈启的爱，像坚守在海边的帆，以为点滴波澜终能汇成那场为她而来的澎湃，却不知她面对的是自成天地的静水深潭。他早已为自己的内心划下了界限。

你知道色盲吧。基因缺陷造成的色觉辨认障碍，无法感知颜色之间的区别。你会说他们看不见某种颜色，或者无法分辨某些颜色的区别，但在他们的世界里，有些颜色从未存在过。

喝完啤酒告辞的时候，陈启突然说："其实我也讨厌这样的自己，在她快乐时无动于衷，在她伤心时无能为力。如果我说事到如今我也很难过，会有人相信吗？"

恋爱漠然症

无法体会爱情的温度，对恋人的心意无动于衷，对感情过于冷淡和理性，认为恋爱的过程是没有必要的。

插图 / 孙十七

W

TEXT
黎琼

演播厅的灯光十分明亮，使得我每次做节目的时候都会感到头晕目眩，我看着左右两边和我一样身份的情感作家，一个负责口诛笔伐，一个负责传递正能量，双管齐下才能制造出强烈的煽动性，是他们让我觉得原来人也可以专注地虚伪。对了，他们是俩男的，在性别本质上和我不一样。

我低头看了看台本，集中精力去搜索里面的关键字，确保下一对情侣上场之前我就要想好自己该说的话，以至于我不需要花太多时间去聆听他们无休止的争吵，甚至可以在镜头没带到我的时候发会儿呆。

很快，下一对情侣随着背景音乐走了上来，果不其然，从外貌上看，明显又是男方配不上女方，我忍不住嗤笑了一声，前方的嘉宾转过头来看我，一脸茫然，我只能按捺下鄙夷的目光，强迫自己对他微笑。

台本上说这对情侣刚结婚三个月，便发现根本无法在一起生活，女方开始对男方的个人习惯有所抱怨，男方则认为女方诸多挑剔。

我定睛看了看台上的男方，一脸油腻，胡子拉碴，难道挑剔不是应该的吗？那副邋邋遢遢的样子，无论做什么都会让人倒胃口吧，不修边幅，和我的第二任男友B一样，简直不可理喻。

——B不仅长相猥琐，为人也十分庸俗。

那时候我们才在一起一个月，他就开始在我面前剔牙、打嗝、放屁，每次想起他肮脏的样子，就连牵手都会失去欲望，而我每次对他说起要注意个人修养，他总会回一句，这不都是人很正常的反应吗？我不能理解。和他分手的原因，是那天他来我家时错把我擦脸的毛巾用来擦他刚刚上完厕所的手，忍无可忍的我最后让他立刻滚了出去。

这件事让我感到异常兴奋，因为我终于可以摆脱这么邋遢的男人了，而且我又可以开始享受下一个男人追我的过程，爱情最美妙的时刻，不正是若有似无的暧昧吗？比如现在，正全力以赴讨我欢心的W。不得不说，至今我仍然没遇到能在外貌上比得上W的人，他真是一个完美无缺的男人。

第一次见到W时，他一身干净休闲的服装，利落的短发，爽朗阳光的笑容，眼睛里面仿佛有星星。那时我走在人来人往的十字路口，他就站在对面从逆流的人群里看着我，从那时起我就一直觉得，在他眼里的我，应该是最美好的自己。

场上的喧闹还没有停止，打断了我的思绪，不耐烦间我开始按照要求抛出一些刚刚写好的金句："你相信爱情里的温暖、美好、一往情深，就不要把糟糕、怀疑和狭隘的自己带进这段感情里，洁身自好是种良药，能治好多数的争吵，于是两个人的幸福，也是两个人的千辛万苦。"

最后，我潦草地用一句话送别了这对情侣："想处理好爱情和婚姻，就要先把自己的个人状态处理妥当，我相信你们可以走下去的，这些都是小问题。"

说完我低下眼睛，面不改色。

趁这个空当，我摸出手机，给W发了个信息："你是我见过长得最好最干净的人了。"

W给我回了一个爱心。而一个爱心就足以让我的心里溢满了甜蜜，大概这辈子也只有W能配得上和我长相厮守了。

我还未来得及继续回W的信息，下一对情侣竟然已经在台上吵了五分钟了，我皱起眉头，听来听去，无非就是男方觉得女方不务实，花钱太多，不攒钱，所以结不上婚。

我抬起头，忍不住问了一句："男方收入和女方收入是多少？"

答案也在我的预料之内，男方月薪四千，女方则上万，没能力还嫌女方不够节俭？真是可笑至极。

这不就是我的上一任C？

在写作行业摸爬滚打五年的我，毕业前就开始有了固定收入，有专栏、有电视节目，虽然说不上家财万贯，但是也能让自己的花销得到满足。

可是C和我不一样，他除了长得好看一些，一无是处。

C比我小四岁，仗着自己有张不算平庸的脸，整天做着天王巨星的白日梦，幻想着终有一天能一夜爆红。我曾经那么喜欢他，以为他是我要的男人，可是日夜的争吵让我感到无望。

我给他买昂贵的鞋子，希望他走出去的时候有面子；我给他买剪裁得体的西装，希望他能获得更好的待遇；我给他买奢侈的打火机，也是希望他应酬的时候能被人另眼相看。这个物欲横流的世界，没有什么是金钱权力办不到的，我多希望能教会他在学校没学过的道理，以至于在他真正冲进现实社会的洪流时，不会一败涂地得太难看。

可他不仅不领情，还怪我不节俭、喜欢操控他摆弄他，我到分手那天都没为自己存上一分钱，是他没有能力，不是我三观不正，这样的男人不值得

我爱，甚至配不上我的喜欢。

然而W就不同，他从来不在乎我花多少钱，因为他有能力赚很多很多的钱，不需要我考虑将来和以后。

记得有一次，我的稿费被拖欠，那时候经济到达边缘的我又因为车贷被压得喘不过气来。身边一些男性朋友开始教育我，收入不稳定就别买这样贵的车子，简直是自找苦吃。而我从来没想过自己会落到这步田地，要强的个性又让我无从向别人求助，我分明只是追求自己想要的生活品质。

直到那天，我被门铃声叫醒，W笑意盎然地站在门口，亲了亲我睡意迷蒙的脸，还给我带了早餐——是一般人都觉得价格不公道的三明治和现磨咖啡。和他在一起从来不会将就，他总是把生活过得十分诗意。临走前他递给我一张没有额度限制的金卡，让我把车贷一次性还了，顺便去逛街购物，别辜负今天美妙晴朗的天气。就在当下，我虽然不愿承认，但还是忽然感受到了，人无法抵挡的瞬间，总是诱惑又危险。

想起W的许多事情，我收起扬着的嘴角，看向演播厅中央，即将又要上来一对问题男女。

我给W发了好多个郁闷的表情，表示我此刻的烦躁焦虑，接着我说想他了，每次录节目都特别想他，因为有了对比。这些男嘉宾，没有任何一个人比得上W，一丝一毫都比不上，要是没有W，我宁愿终身不嫁。

不记得录了几场，我已经开始坐不住了，演播厅的白炽灯照得我直冒汗，感觉脸上的妆容都快遮不住我不耐烦的神情了，终于看见导演的题板上写着最后一对，我松了口气，快点吧，我想回家和W在一起。

最后一对相比起来简单得多，是女方控诉男方，说他什么都不懂，不懂浪漫，没有共同话题。

女方要在家和男方喝红酒配烛光晚餐过生日，男方最后提了两瓶二锅头和烧鸡回来；女方要去出海潜水看看未知的海下领域，男方强烈反对说危及生命。看电影，女方看，男方睡觉；说旅游，女方说想徒步尼泊尔，男方丝毫不懂何为徒步，女方光解释徒步感觉就花费了毕生的精力。

他们在台上你一言我一语，完全对不上调，男方说得最多的话就是："我听不懂你说什么，你厉害，你自己过去。"

我的天啊，看着这样的男人，我气急攻心，哪里来的粗俗和野蛮，还一味指责女方穷讲究。

"生活不只眼前的苟且，还有诗和远方，你难道不懂吗！"女方哭诉，眼里满是失望。

"诗和远方是什么，什么枸杞，我就知道你饭不会做、碗不会洗，每天就会瞎折腾！"男方反驳。

我强压着心里的怒火，随手翻了翻男方的资料，初中学历？我说呢。

"这位男嘉宾，您是不是连大学也没上过？"我忍受不了这个男人的争吵逻辑，忍不住打断。这让我想起了自己的初恋A那无脑的争论与野蛮的辩驳，但凡吵架，我永远都会被他那毫无逻辑的语言气得手脚发抖。

"没上过吧？"气氛停顿了许久，看着他脸上慢慢出现接近羞耻的神情，我还是止不住追问。

而话音刚落，男嘉宾显然有些恼羞成怒，他气急败坏地正想走下台去终止摄影，我朝他的方向不依不饶地继续："你到底哪点配得上这个女孩？你们这些男人哪里有一点男人的样子，自己学识短浅，跟不上女方的脚步，还嫌别人追求太多，难道就不能多学习一下，拯救一下平庸的自己吗？"

现场嘘声一片，台下的摄影和导演在交头接耳，显然我的问题完全超出了台本内容，甚至开始自由发挥，可是他们没有想到的是，男嘉宾竟然在台上开始落泪哽咽——这一场，我胜利了，我把男嘉宾撕得体无完肤。

我突然很想把这件事情告诉W，告诉他这一场我说得多么精彩，我颇有些骄傲地看着台下的导演，这样的彩蛋莫过于为收视提供了一个巨大的保障，我甚至能预料到节目结束之后，导演会上来给我一个激动的拥抱。

录音结束后，我在原地等待大家的赞叹，但我没想到的是，换来了导演一句冷冷的警告："以后点评还是要缓和些，不要太伤人，你这些话说出来对节目没有好处。"

我忍不住心里哼了一声，冷漠地看着导演的背影，这个自以为是的男人，甚至没有W十分之一的才华，不，一百分之一，这个世界，只有不平庸的W能和我惺惺相惜。

想起W，我的动作越发快了起来，我拖着疲惫的身子赶回家，迫不及待地推开门去拥抱等我回家的W，这个完美的男人，这个值得我喜爱、配得上我一辈子的男人。

路过红绿灯，我盯着眼前的人潮，里面有形形色色的男女，而我终究不明白，这个世界上好男人为什么那么稀缺，简直能说濒临灭绝，或许这个世界上根本没有什么矢志不渝的爱情，也没有什么所谓美好的男人，当然除了W，他给了我前所未有的完整的爱情体验。

回到家，我把自己陷进沙发里，那沙发上仿佛有着W的清新气味，我轻轻合上眼睛，眼前是和他每一次的烛光晚餐，有在游轮上的、有在房车里的、有在头等舱里的。那些无与伦比的浪漫，总让我恍恍惚惚，他就像那根蹦极时系在脚上的绳索，牵引着我，一边飘荡一边笑闹。

突然手机从我的怀里掉到地上发出清脆的撞击声，我捡起来一看，是编辑L打来的电话，他也是一个难缠的男人，总喜欢对我指指点点诸多挑剔。我一看未接来电有四个，好吧，如果再不马上回他，说不定他又会去主编面前说我的坏话，男人真是小肚鸡肠。

"我刚刚录节目呢，没接到你的电话。"我兴致缺缺地回他。

"哦，没事，就想问问你，你那个书进度怎么样了？"

"这件事嘛，我现在还没写完呢，等等吧，因为现在遇到了点障碍。"

"有什么困难你可以和我说。"

"没有什么，就是个人问题，我尽快，就这样吧，我先休息一会儿，回见。"

我有些不耐烦地坐到电脑前，打开word文档。

"W开完了几个重要的会议，推掉了晚上的应酬，买了一束玫瑰花在家等着下班回来的我，我打开家门，还未开灯就闻到了他身上古龙水的味道，黑暗中W抱住了我，我们轻轻拥吻，他嘴里呢喃着情话，还为我准备了一桌烛光晚餐，搞不好冰淇淋里，还藏着一枚价值不菲的钻戒……"

我合上笔记本电脑，轻轻和W说了声晚安。

唉，早就写完了，只是不想出版这本书罢了，我只想我的W属于我一个人。

一直这样延续下去，让他彻底占据我的生活，融入我的生命，最后化成实体，当我走在人潮拥挤的街道时，他走过来轻拍我的肩膀，然后我们便开始相识相知，就像我的小说开头那样，他穿着干净的白衬衫，笑容明媚得像和煦的三月。

于是，这也是我不喜欢爱情拥有结局的原因。

好男人匮乏症

一味纳闷——好男人在哪里？认为身边的男性无论性格，还是相貌、身材、谈吐、学识……都配不上自己。

Z——U——I

小 说
剧 场

NOVEL

"若你喜欢怪人，其实我很美。"
歌里这样唱着，现实中却没几人当真。

有人将睡眠视作一种浪费，生命宝贵，不如在黑暗中清醒，在深夜中狂欢。
有人将生活当成舞台剧，随时随地变身主角，在众人的瞩目中尽情表演。
当丑陋与恶俗成为一种追求名利的新颖手段，那么便引人甘愿沦为小丑。
当稚嫩与浅显成为被攻击的目标，只好戴上老沉的面具，隐藏不安。
……

奇怪的你

七种都市生存症结，讲述七类因现实生活、工作、社交形成的巨大压力。
七个奇怪人群的故事，走入虚拟的世界及那些无人问津的角落。
拥抱每一颗用伪装来保护、安慰自己的孤寂心灵。

怪人总比普通人辛苦很多。
放下那些虚荣与自我催眠，也许会轻松一点。
挣脱那些强颜与自负，也许会更自由些。

插图／禾小两 ASAPHZ

键盘侠 Page155

美感丧失症 Page165

职场变色龙 Page133

直播间的忠实观众 Page147

晚睡强迫症 Page115

『秀晒炫』症候群 Page125

Drama Queen Page173

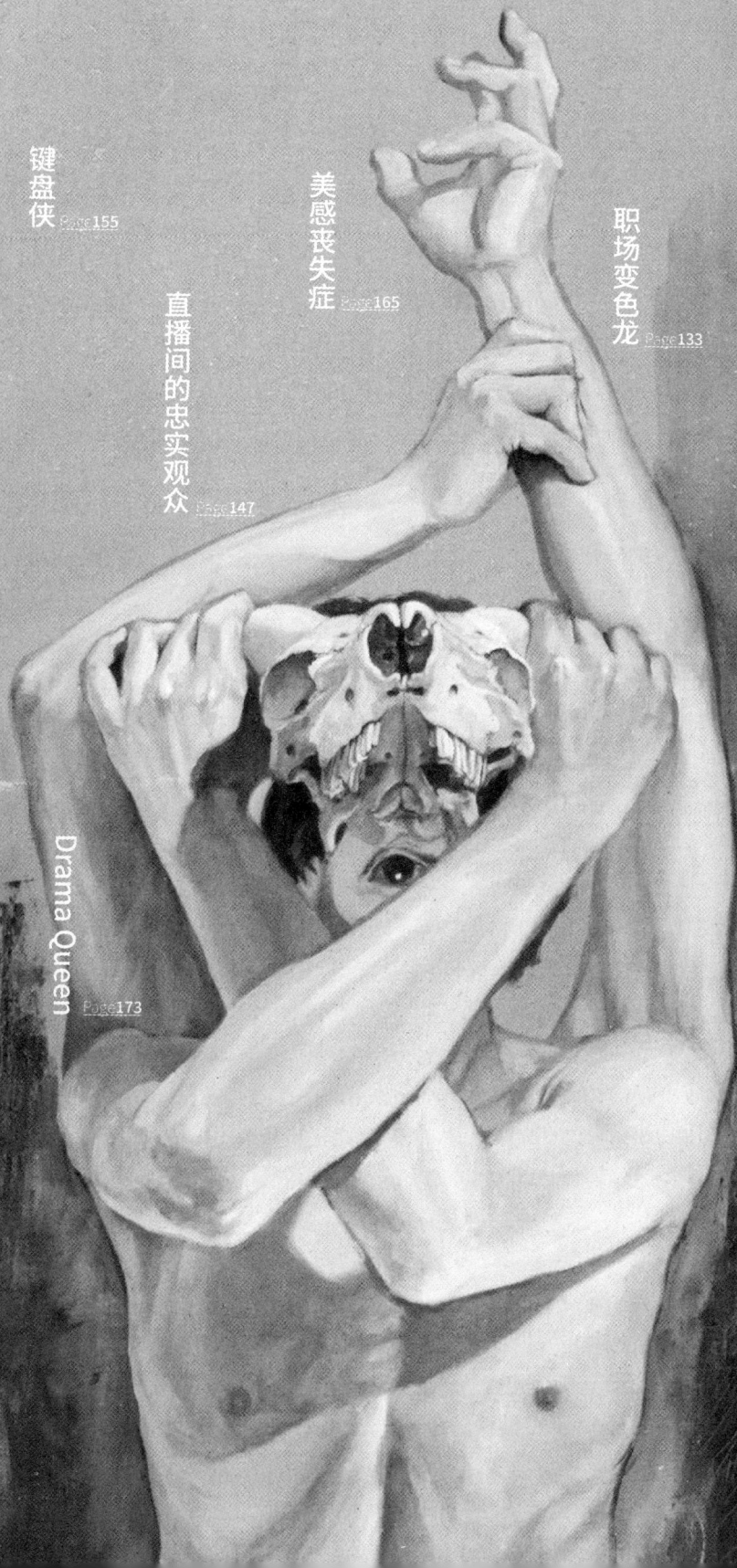

插图 / 孙十七

十二楼未眠夜

TEXT

包晓琳

　　姜晓武觉得自己迟早会因为晚睡而早死，比如某一天将以这样的方式登上社会新闻：录音师姜某，因长期熬夜过劳而猝死，死于心脏骤停，年仅二十七岁，记者在这里劝告广大年轻的朋友，珍惜生命，保证睡眠。

　　作为一个资深的熬夜积极分子，姜晓武从他妈妈姑姑婶子们的朋友圈里已经看过不少危言耸听的晚睡危害，可养生帖上说得容易，现实却是晚睡好比染上毒瘾，哪是几颗红枣、一杯牛奶就能解的。

　　又是凌晨四点才能爬上床的姜晓武正在回家的地铁上，戴着耳机争分夺秒地听他要发给李总监的音频文件，赶快把工作上的事情解决掉，这样回到家就能专心干自己喜欢的事了。可他站着站着就感到晕晕乎乎的，身体变得轻飘飘的，心跳得好像干了一瓶二锅头，他只得一把揽住身旁的柱子，该死，偏偏这种时候还没空座，堂堂七尺男儿要是在地铁上厥过去出溜到地上，那可真是老丢人了。不想丢人的姜晓武只能强打精神等着到站，就在这时，有人拍了拍他的后背，他转头一看，竟是个满头银发的老奶奶。

　　"小伙子，站累了吧，我这儿刚腾出个位子，过来坐啊。"老奶奶八成是把他当自个儿孙子看了，笑容慈祥，声音温柔，小姜也不客气了，摘下背包往怀里一抱，连说几个"谢谢"就一屁股坐了下去，顿时就觉得头也不晕了，眼也不花了，这心里啊，还挺温暖的，这年头净听说老人硬逼着年轻人给让座的事了，居然还会有老奶奶给他让座，可见在别人眼里他也真够虚的。姜晓武充满感激地对老奶奶龇牙一笑，就听那老奶奶说："你们年轻人在外面打拼也不容易，现在社会压力大，诱惑多，但我瞅你这个小伙子就不错，喏……"奶奶随即掏出手机来，"照片上是我孙女，好看吧，要不你给奶奶留个电话？"

姜晓武逃出地铁站就直奔常去的便利店，时常半夜光顾的单身青年姜晓武已经被这家24小时便利店视为熟客，买完一盒沙拉和一份鸡排饭，姜晓武又从货架上抓了两罐咖啡，老板扫着易拉罐上的条形码，瞄了一眼精神不济的姜晓武。"又要熬夜啊？"姜晓武接过老板递过来的零钱和一塑料袋吃喝，挤出一个无奈的笑，"咳，习惯了，一个人也睡不着啊。"

"女朋友还没回来哪？"便利店老板对他并非过度关心，毕竟姜晓武和之前的女朋友是在这家便利店里大吵一架后才分道扬镳的，紧接着，女朋友就打包好全部的行李搬离了合租屋，连钥匙都留在门口的鞋柜上没有拿，是个不打算再回来的诀别样，从此音信全无。

也就是从被甩那天起，姜晓武的夜晚变得比其他人长了好多倍，和失眠有所不同的是，姜晓武并非睡不着觉，而是害怕睡觉，睡着了就会做噩梦，睡醒到了公司还有难缠的李总监和一堆破事需要对付，所以只要不合上眼睛，今天多少能延长一点吧。

姜晓武的搜索引擎告诉他，从晚睡发作的密度和长期性上来讲，他大约是患上了一种强迫自己不睡的病，和其他强迫症相似的是，它们都有一个共同的爸爸叫焦虑，妈妈叫恐惧。可姜晓武也不知道自己在焦虑什么，又在恐惧什么。他甚至无奈地想，该不会是家族遗传吧，在他从小到大的记忆里，他妈就特别喜欢成宿成宿地在朋友家打麻将，而他爸最大的乐趣就是放着电视剧在沙发上打瞌睡，放学回家后他和他爸最大的交集除了一起吃饭，恐怕就是半夜两三点起来上厕所时帮他爸关掉电视机了。

和每个晚睡的人一样，需要在漫漫长夜里开发乐趣打发时间的姜晓武试了很多种方法，比如刷手机、打网游、看电影、追美剧，一看时间还早，还可以整理房间、清扫卫生死角、喂金鱼和乌龟，当他把硬盘里攒了好多年的电影和书架上早已落灰的中外名著通通看了一遍之后，就只能独自坐在黑暗里，思索人生的终极命题了，姜晓武啊姜晓武，你说你怎么活成了这个样子！

每当此时，前女友美丽的倩影就会猝不及防地出现在他的脑海中，让他立刻明白在寂静的夜晚里无所事事有多么可怕，如今他很能理解《重庆森林》里梁朝伟的独白了——她走了之后，家里很多东西都很伤心，每天晚上我都要安慰它们才能睡觉。梁朝伟坐在马桶上盯着一块香皂："你知不知道你瘦了？以前你胖嘟嘟的，你看你现在，都扁了，何苦来的呢，要对自己有信心才行。"接着他又转身面向湿答答的毛巾，"我叫你不要哭嘛，你要哭到什么时候？做人要坚强一点嘛，你看看你，窝在这里像什么样子？好好，我来帮你个忙吧。"然后，梁朝伟就把毛巾拧干，重新挂起来。

凌晨两三点，姜晓武也有忍不住要跟他的乌龟唠两句的冲动，他用镊子夹起一块瘦肉丢进鱼缸里："要是有一天她回来了，你说我要不要给她个机会？忍者，你不用急着回答我，先吃完夜宵再说，啊，你说要啊？太贱了吧，毕竟分手是她先提的，那我岂不是很没面子。"

之前他也试过将头挨在枕头上，数林志玲强迫自己入睡的方法。然而这样做只会加剧胡思乱想，就算勉强睡过去，也会反复做同一个噩梦——隔着商场的橱窗，站在大街上的姜晓武看到前女友挽着一个陌生男人在挑选钻戒——是梦吗？不，也许那并不是梦。

后来姜晓武还是上他奶奶家偷吃了两片安眠药，才难得睡了两个囫囵觉，但交换代价是连续两天上班都迟到，差一点被李总监骂成人间败类。对他这种上班族来说，领导才不管你前一晚睡得有多迟，除非天上下菜刀，否则第二天必须准时出现在工作岗位上，摆出一副精神矍铄、社会主义接班人的样子。

于是，自暴自弃的姜晓武开始研究跟夜晚和平共处了，也许是职业习惯作祟，他对各种声音显得格外敏感，比如，在黑暗中偷听隔壁邻居家小夫妻造人的愉悦，趴在地板上倾听楼下老大爷富有节奏感的鼾声，或听楼上住的女人踩着高跟鞋踏在木地板上发出清脆的咔嗒咔嗒声。他甚至故意拖着不去换厨房里老化的水龙头，因为在深夜里，水直接滴落在水池里和落在盛有水的瓷碗里，声音是那么不同，如果没有不眠的夜晚，他也不大可能接触到这个特别的世界，好像是所有寂寞的灵魂共同演奏出一首交响曲。

姜晓武试着用录音器材将林林总总的声音都收录下来，再剪辑成一段段富有节奏感的韵律，上传到荔枝FM命名为"再玩一会儿就睡"的电台，居然也收获了一些奇葩的听众，这些晚睡的听众在留言里乐此不疲地猜测着总共有多少种声音，而这些声音又分别是什么，这种互动反倒变成了姜晓武新的乐子，仿佛这才是他更热爱的工作，而不是李总监每天发给他剪辑的那些手机彩铃和企业宣传曲。

"哥们儿，你家的水龙头是不是该修一下了啊，我是开五金店的，有需要就打139×××9938。"

"我就好奇这高跟鞋的主人到底是什么职业。"

"Hi，同道中人，都和我一样不睡觉吗大家，刚才我好像听见了掰折什么东西的声音。"

姜晓武将厨房里断成一截一截的芹菜塞进榨汁机里，又丢了一根黄瓜进去，打成一杯颜色好似胆汁的有机饮料，捏着鼻子喝下去，然后吐了吐舌头，要不是听说芹菜汁可以安神消肿，他才不要尝试这种只在朋友圈养生帖中才出现的黑暗料理呢。

对于声音的注意力仅仅维持了不到一个月的时间，午夜多动症青年又觉得百无聊赖，他甚至想去找份夜班的工作，把比正常睡眠的人多出来的时间换成钞票，但一想到上夜班会比晚睡还要影响第二天的工作，他就打消了这个念头，何况他现在一个人吃饱全家不饿，也没有觉得很缺钱。

姜晓武盘着两条长腿打坐在卧室的飘窗窗台上，望着天上星放空，呆滞的视线一晃，不由得停留在对面那栋楼上，零零星星的灯光告诉他，对面楼里也有几只像他一样的"夜猫子"，还在神魂颠倒地醒着，姜晓武顿时来了兴致，想起抽屉里面还有大学时购置的虹膜望远镜。他突然很想知道其他没睡的家伙都在干什么。

从姜晓武所在的十二楼望下去，整座小区里除了几只昼伏夜出的流浪猫，就是偶尔被风吹得翻滚的塑料袋。

对面八楼上，有一户人家的客厅还亮着灯，窗帘拉开着一道很宽的缝，足够姜晓武看个究竟，不过很快他被望远镜挡住一半的脸就流露出失落的表情，竟是几个中年人在进行他最反感的垒长城活动。

三楼也有一个窗口亮了，但很快四楼同一位置的窗户也亮了，紧接着五楼、六楼……姜晓武扫兴地从望远镜上抬起头，那只是有人在爬楼梯惊动了声控灯而已。

不过也不能说望远镜行动毫无收获，几天下来，对面同样位于十二楼的那扇窗成功引起了姜晓武的注意，那扇窗的与众不同并不在于房间的主人悬挂了颜色特别的淡紫色窗帘，而是从每晚一点开始就会频繁亮起的灯光，一次、两次、三次……间隔不超过二十分钟，姜晓武突发奇想，三短一长地按亮了日光灯的开关，最令他奇怪的是，对面十二楼的灯光好像也是三短一长，有点像是在跟他打招呼，姜晓武顿时就来了兴致，再按，两短两长。这次对面十二楼不是两短两长，而是一长一短，姜晓武想象着这是在跟对面的朋友交换摩斯密码。

——Hi，你也没睡啊？

——我睡不着，你呢？

——我舍不得睡啊。

——我也是。

对面十二楼挂着淡紫色窗帘房间的主人，像是一个谜一样的存在，一连几天萦绕在姜晓武心头，是他，还是她？到底是什么人？从窗帘的颜色来看，总不能是他吧？紫色也太娘了，那就是她！她长什么样？

姜晓武已经很少会梦见劈腿的前女友了，甚至有点想迎接新生活的感觉了，连李总监都说他，姜晓武你终于回魂了，怎么不见你上班打瞌睡了？他感到之前那个拖拖拉拉的姜晓武好像又变回一年前很有干劲的样子了。

到了白天，走在小区里的姜晓武开始留意一些年轻的女孩子，在他对于十二楼住户的想象中，她一定是个长发飘飘、摇曳多姿的女郎，她家的阳台上晾晒了很多白色和淡粉色的衣服，那些衣服随风飘摇，也让姜晓武心神荡漾。

几天下来，在小区这些女孩子里面，姜晓武锁定了一个非常符合他意中形象的，但他只看过这女人的背影，卷曲的发梢在米色连衣裙的腰间跳跃，修长的双腿踩着一双带子很细的高跟凉鞋。姜晓武也不知道为什么会把这个形象和对面十二楼的住户联系在一起，大概男人也有直觉。

这天晚上，姜晓武整夜开着灯，等待淡紫色窗帘的灯光亮起，然而一连几天过去了，对面十二楼始终一片漆黑，他试着连按了几下开关，无论是两长一短，还是三短一长，对面像是忘记了暗号的接头者，始终保持静默。接下来的很多个夜晚，姜晓武都是在失望和担心之中睡去。某天姜晓武做了一个好像悬疑惊悚片似的噩梦，他梦见背影美女被坏人入室绑架了，丢在一座废弃的仓库里，被粗糙的麻绳捆绑着，正奄奄一息。

翌日是周末，姜晓武一醒来，就迫不及待地穿好衣服跑到对面楼去。他坐电梯直接上了十二楼，在电梯里还不忘理了理乱蓬蓬的头发，站在十二楼的住户门口，姜晓武也顾不得许多，按响了这家的电铃，一次、两次、三次，姜晓武有些着急了，他忍不住用拳头敲起门来，可依然没有人回应。

就在姜晓武准备掏手机报警的时候，听到一个声音从他身后传来。

"你找谁啊？"

姜晓武转过身，令他惊讶的是，眼前的女子不是别人，正是前几天他见过的背影美女，难道他真的猜对了，可仔细一看，这背影美女的正面就……不是说正面就不美，而是怎么看都有点面熟啊，好像是在哪里见过。

"袁小姐？"

"你是……上回帮我录音的姜晓武！"

听背影美女这么一说，姜晓武更确定他们见过，而且就在三个月前，是李总监介绍过来的一个活儿，说是他大学时的班花袁梓慧要去参加一个歌唱比赛，求他帮忙给录首歌。班花是的确漂亮，可那时的姜晓武刚被女朋友甩了，哪有心情看什么班花，潦潦草草帮她录完了音，算是给总监交差了。

"你住这儿啊？"姜晓武忙开口道。

"当然不是，这是我姐姐家啊，上回陪我一起去录音的那个，你不记得了，她那会儿还大着肚子，上个月刚生了小孩，这几天出了月子，一家三口回娘家去了，让我过来帮她浇浇花。"

听了袁梓慧的话，姜晓武一阵恍惚，所以每晚淡紫色窗帘的房间亮着灯是……姜晓武忍不住脱口而出："这么说……淡紫色窗帘的房间是婴儿房？"

"对啊！"袁梓慧意外地笑道，"你怎么知道的？"一阵尴尬的沉默之后，袁梓慧恍然大悟道，"该不会是我那小外甥整晚哭闹，吵到你们这些邻居了吧？"

"哦，不不不，我不住这个单元。"

"不住这个单元，那你这是？"

见袁梓慧一脸莫名其妙，姜晓武都不知道该做何解释了，良久，他才挠了挠后脑勺，准备老实交代："我……我是对面楼十二层的租户，其实我……"

"对面十二楼？你说你住对面十二楼？"这下换袁梓慧吃惊了，"我们怎么从没见过面啊？咳，我就住你楼上啊！"姜晓武突然想起高跟鞋踏在木地板上的咔嗒咔嗒声，这声音还被他收录进了电台里。

"哎，你知道吗，有件事真的很巧。"袁梓慧突然很不好意思地红了脸，"其实我在前面那条街的酒吧做歌手，每天夜里一两点才能下班，我每天晚上走在这小区里都在想，要是这时候回到家，有人能为我留一盏灯该多好，所以我一直都很好奇，一直亮着灯的十二楼到底住着怎样一个人呢，真想不到就是你呀。"

晚睡强迫症

理智告诉自己最佳入睡时间已至，而情感却无法克制地要等待深夜的降临。常常早晨起床时下定决心不再晚睡，然而到了夜里依旧重蹈覆辙。

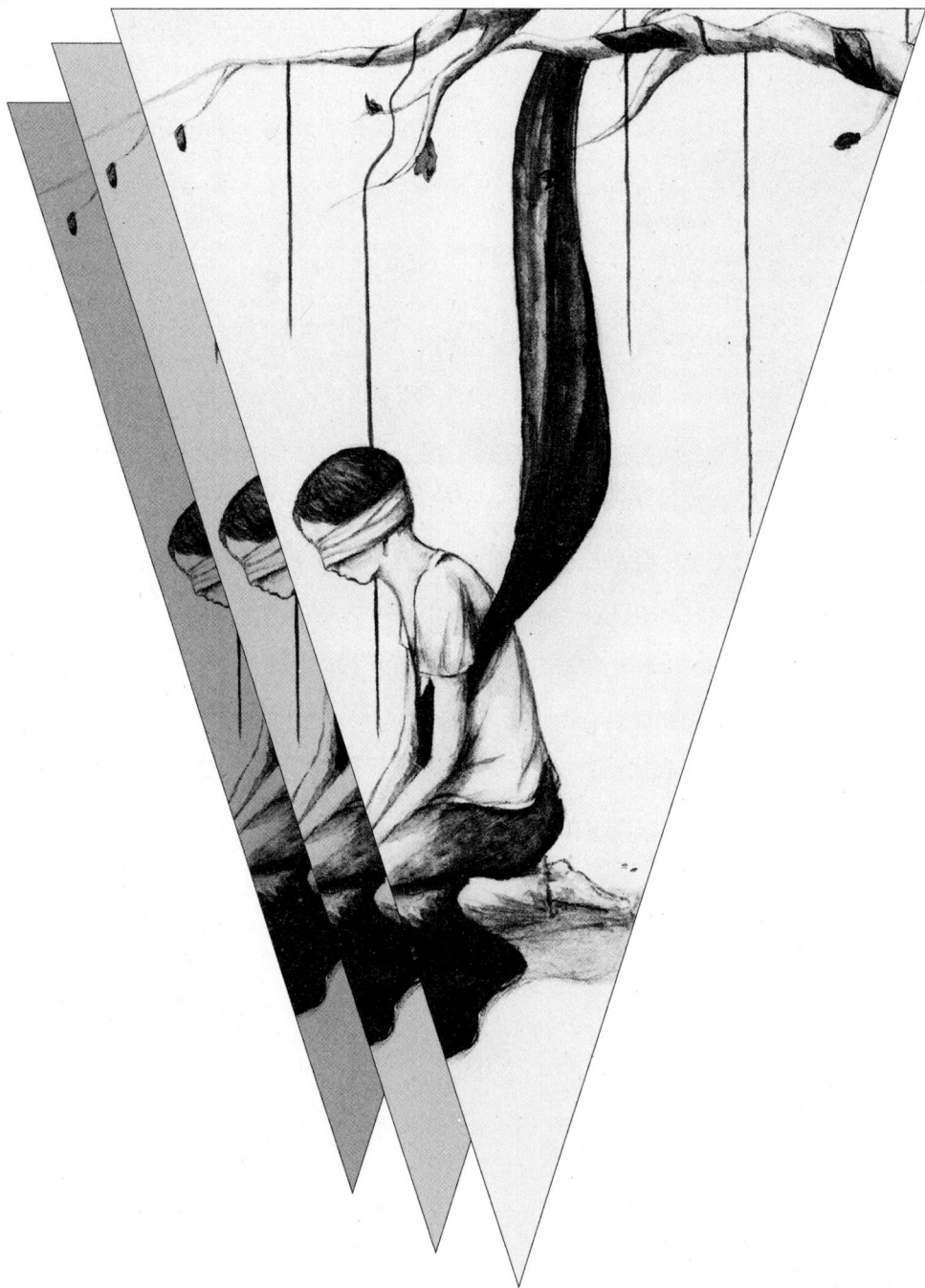

插图 / 孙十七

黑夜魇

TEXT

刘麦加

蔡小姐每天早上醒来的第一件事就是刷微博。

八条回复，三条转发，十三个赞。

蔡小姐揉了揉眼睛，心口有些喘不上气。昨晚编织了那么久的一条微博，图片满满地放了九张，有闺密的友情，有调过滤镜的天空，有不经意秀出的自己刚买的口红，更重要的是用攒了一个月的钱下了狠心才去吃的高档餐厅的背景，居然只有八条回复！

群众到底有没有眼光啊！一定都是一群不识货的土包子。

蔡小姐起床刷好牙，吃早饭的时候想了想，还是打开淘宝点开了经常去的那家店铺，花了三块钱买了几十个转发和一百个赞。

付款过后立即显示。

我发的这些东西，本来就应该得到这些。蔡小姐又刷了一遍微博，看到立刻激增的转发和赞，乐滋滋地吞下一片烤焦的吐司。

蔡小姐坐在电车里去上班，到了换乘的地方差点忘记，毕竟新换了工作才一个星期，蔡小姐还没有习惯公司新址的电车路线。换公司这件事情并没有特别的原因，只是因为旧公司的薪酬太低了，但是蔡小姐一定不会在朋友圈这样发出来。她在朋友圈里说，离职的时候老板跟我谈了一个小时，规划了那么美好的promotion给我，但不管是PM还是BM都不能打动我，不为什么，只为做自己喜欢做的事情。

配图用的是一张她坐在咖啡馆里一边手端咖啡一边看电脑、一脸凝重严肃的工作照。

这条朋友圈得到了十四个赞，大家赞赏蔡小姐的勇敢和坚持，蔡小姐每每心灰意冷的时候都会回去翻一翻这条朋友圈，回顾那片刻的温暖和美好。蔡小姐低头看手机，看到新公司的同事发来一条信息：上午十点的会议文件麻烦多复印四份，谢谢。

蔡小姐合上手机，心想，就算都只是回复邮件和复印文件这样枯燥的工作，新公司的薪水也是高的啊。

忙了一上午，蔡小姐终于空下来的时候看到男朋友发来的一条信息，他说周末要去度假的酒店已经订好了，让蔡小姐安心。

蔡小姐因为复印的文件出错被同事教训了一上午，看到这条短信心情瞬间好了起来，可是三秒之后，她略微迟疑了一下，回复了一条信息，这次的酒店是几星级的？几天？一分钟后，男朋友回复，按照你的吩咐，在一家超五星的酒店两天，其余三天都住青年旅社，怎么了？

蔡小姐放了心，回复说，没什么，怕你订错了。

蔡小姐的担心不是多余的，半年前，蔡小姐和男朋友过周年纪念时一起去旅游，只在一家五星级酒店住了一晚，为了晒微博拍了足够的照片，其余时间都是住在普通客栈。蔡小姐连续发了好几天的照片，却被好事的人抓到把柄，说你发的照片上的电子钟的日期显示的是两天前，可内容却写的是今天的早餐，你现在到底住在哪里？

蔡小姐仔细看了一下那天在五星级酒店拍的照片，发现果然日期出错了，是她大意了，于是心虚了好几天。

可是我又没说我每天都住这家酒店啊，是谁规定一定要图文相符的，产生误会的明明是她自己啊。

蔡小姐这样安慰着自己，然后转手就把那条评论删了。

吃一堑长一智，所以蔡小姐这次就大出血订了两天的五星级酒店，看看这一次那些总是在揣度别人的好事者还能再挑出什么破绽来。

在租来的汽车里自拍，特意把名牌车的车标拍进去。那些留言说"哇哦，贵妇哦""好像又换车了呢""美女，豪车"，都是他们自己误会的，我可从来都没有说过这是我自己的车。

在名牌服装店的更衣室里换上各种衣服，然后自拍，每次都要至少拍够一个月的存量，然后发微博和朋友圈都要附上一张这样的照片。那些留言"哇，你的衣服都好漂亮啊""你为什么会有这么多迪奥的衣服""你和华伦天奴最配了"，都是他们自己误会的，我可从来没说我把这些衣服都买下来了。

买了二手的奢侈品牌，然后把它们拍下来，附上一两句淡泊名利岁月静好的鸡汤，那些留言"你的包真的好多哦""这款包好贵的，你居然买了""白富美你是我的偶像"，都是他们自己误会的，我可从来没说这是当季新款的正品。

更何况，等我换了一个有钱的新男友，这些车子、衣服和正品包，都会变成真的。我没有撒谎，我只是在表现我本该有的生活。

蔡小姐在影印室捶捶有些酸的双腿，翻了翻微博，发现有人在对自己一周前发的那顿足足花费了自己一周薪水的下午茶微博留言："这家餐厅一看就好贵，好羡慕你的生活哦！好喜欢你！"她忍不住扯起嘴角嘲笑了一下，这个世界爱慕虚荣的傻子就是多。

然后秒回对方："谢谢你呢，只要努力你也可以的！一起加油吧！"

晚上原本约好和男朋友一起吃晚饭，可是蔡小姐收到了这个月的信用卡对账单，看着那一长串的负数，立刻没了食欲，便推掉了男朋友的约。然而另一个更重要的原因，是今天在会议室发文件的时候，高帅富总经理总是在不经意地给她递眼神。凭借蔡小姐多年的调情经验，这一定意味着什么，所以她特意把晚上的时间空出来。可是等到了下班，总经理都没有向她发出邀约。

蔡小姐走出办公大楼，叹了一口气之后又拍了拍自己的脸，给自己加油鼓气，没关系，他或许只是害羞，需要积攒勇气，所以我也不能放弃！蔡小姐想自己现在元气满满的样子肯定非常可爱，如果不是光线不好，都忍不住要自拍几张了呢。

不过蔡小姐的好心情并没有维持多久，她坐在电车上刷朋友圈的时候看到了好友晒出几张她新买的眼影照片，而这种眼影是自己相中已久的限量版，她瞬间觉得生气极了。

何止生气，简直气急败坏！

她拿着手机气得发抖，这个女的为什么要学我！明明是我先看上这款眼影的！就不能有一点点自己的追求和品位吗？学我买东西有意思吗？就一个眼影，拍了那么多张照片炫耀，怎么可以这么虚荣？我再也不要跟这样的女生做朋友了！

当机立断，为了保证自己的纯洁和优秀，蔡小姐把这个她三天前还放在微博里炫耀闺密情的姑娘拉黑了。拉黑之后觉得不解气，还在朋友圈发了一段感言：一个用了限量版就觉得自己内涵得到了提升的女孩，只能说她的灵魂太单薄。

而紧贴着这条朋友圈的上一条，是蔡小姐自己昨天发的一张跟朋友借钱购入的限量版香水的照片，并配以说明，那晚她的灵魂都好似雏菊的味道。

泡完澡出来，蔡小姐依然深陷在愤愤不平之中，丝毫没有为自己失去一个朋友而失落。因为这样的事情她经历太多了，太多女孩因为羡慕她所以嫉妒她，太多女孩因为向往她所以模仿她。她经常在微博上搜一些关键词，然后找到那些效仿她发微博语气的女孩，那些拍照构图和跟她使用相同滤镜的女孩，尽管她们从来都不知道这个世界上有一个蔡小姐的存在，但这丝毫不妨碍蔡小姐在内心深深地鄙视她们没有一丁点自我，活得实在是悲哀。

蔡小姐在泡澡的时候编了一条微博，言语间都是三月的雨，我勇敢的心，初入新公司就得到了同事的呵护和领导的重视，爱与感恩。配图是早期自己那些或者忙碌或者闲适的摆拍。才发出去二十分钟，就收到了五十多个赞。

蔡小姐满意地吹着头发，想着，那些女孩啊，就算你模仿得再好，永远都成不了我。

蔡小姐刷到最后一条赞美她的留言，才依依不舍地睡去。但其实她并没有对今天有多少不舍，因为明天醒来或许又能收到好多留言和赞美。大概除了睡觉时间，只要有空闲蔡小姐就不断刷新自己的社交网络，只有在社交网络里她才觉得那个自己是真的自己。

她的微博里没有冗长的信用卡账单，没有一穷二白的备胎男友，没有不足十平方米的租来的起居室，没有枯燥乏味看上去永无出头之日的单调工作，只有她削尖了下巴的自拍，过度调色的天空，随时随地都唾手可得的幸运和机遇，各种丰富的高档生活和名牌LOGO，以及那些评论那些转发那些点赞记录。它们成了蔡小姐每天生活的组成部分，是她存在的实体，在社交网络的世界里她是一个最完美最高尚最阳光的存在。她永远正确永远美好，如果否认她，那就是你太阴暗；如果质疑她，那就是你在嫉妒；如果不屑她，那就是你太挑剔；如果你拆穿了她，那只是你误会在先啊。

自从有了社交网络，蔡小姐再也没有做过噩梦，每一晚她都香甜入睡。

因为那种只有在梦中才会出现的让她曾深以为遥不可及的令人艳羡的美好生活，也因为太容易醒来而轻易破碎才变成夜魇的魔鬼，已经被她编成一条条SNS，投放到了虚拟的世界中，以温柔的方式捆绑她，直至窒息，仍浑然不觉。

"秀晒炫"症候群

热衷于在社交平台上刻意展示自己所喜欢的高端、优越、幸福的生活，收获朋友甚至是陌生人的羡慕与夸赞便十分满足。

⊙ 小说剧场·奇怪的你

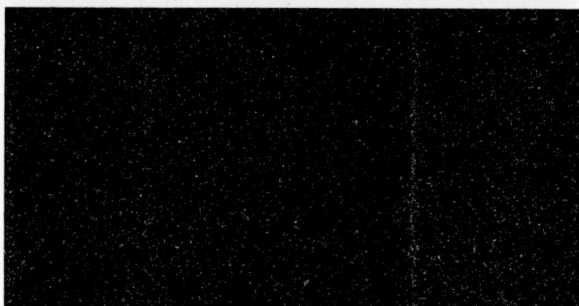

插图 / 孙十七

伪装者

TEXT
周宏翔

在周一清晨就搞砸一件事，这种"开门红"对桂缤纷来说，不赖账到水逆身上简直对不起自己。当然，桂缤纷肯定会在内心对自己有一番解释，比方说"职场新人犯错总是正常的"或者"刚刚度过那么happy的周末，一下子过渡到紧张的周一，谁也无法一时间就切换过来"，更甚至是"一大早没睡醒嘛"，而事实上，这样的心理安慰不过是一个失败者在尽量让自己不要有轻生想法时，对不中用的自己为数不多的几种开脱。

现在回头去想，桂缤纷也不知道当时是搭错了哪根筋，核对商品出货日期的时候，提交上去的时间比原本计划的日期晚了一个月，要不是领导及时发现，店铺里的甜甜圈就要空架到顾客都以为这个牌子已经倒闭了。

领导看着桂缤纷，怒火中烧地指着她说："你能不能多长点脑子，少长点肉？"其实这句话听起来也没有到人身攻击的地步，但桂缤纷从办公室出来，就忍不住哭了。

长肉这种事情是她想要的吗？领导自己不也是肥头大耳的吗？

同样犯错的不止桂缤纷一个人，可另一个家伙就显得游刃有余得多。

这个时候，那个叫刘军的家伙也被叫进了办公室。

或许桂缤纷只是抱着一种在此时此刻能够有一个同病相怜的人的心态，才会伸着头从百叶窗的缝隙往里看，这一看，桂缤纷脸色煞白，差点吓得坐倒在地上。

领导拿起一摞文件纸朝刘军扔过去，满天飞舞的白纸就跟电视剧里的场景一样。

桂缤纷再看，也只能看到领导那面红耳赤的表情，想必刘军此刻已经吓傻了吧。可是没两分钟，刘军就从办公室里走出来了，不但没有丝毫尴尬的神情，还一副泰然自若的模样。

刘军回头看了桂缤纷一眼，眼神里的桂缤纷好像低到了尘埃里，她咽了一口唾沫，睁大双眼，眼看嘴就要张大成O形，刘军却淡然一笑，从她身边走了过去。

桂缤纷还没有反应过来，同组的"大姐大"就把一摞资料交付到了桂缤纷的手上："哎呀，缤纷，你快去帮我复印两份，我待会儿开会还要用呢，对了，你下楼买杯咖啡吧，帮我带一杯，你不会介意吧？"

桂缤纷看着那原本不属于自己的任务，无奈地点点头。

那个叫刘军的家伙，对，桂缤纷喜欢用这样的称呼形容他。下班之后和还算要好的同事共进晚餐，顺道谈及刘军。

"我知道刘军哎！"倒是同事先叫出了他的名字。

"一脸臭屁的家伙，明明被领导骂得狗血淋头，还像个没事人一样。"桂缤纷一边吃着地狱拉面一边说道。

"这算什么？你知道公司里的人都给刘军取了一个什么外号吗？"

"什么？"

"海龟刘。"

"噗，为什么？"

"海龟这种生物，不是不管多少岁都一副老气横秋的样子吗？"

背后谈论别人这种事情，当然说说就算了，但桂缤纷回头去想，海龟，形容得真恰当，除了看起来老了一点，有什么不好？厚厚的壳保护着整个身子，不管什么攻击，都可以刀枪不入。

几天之后，桂缤纷突然刻意观察起刘军来。

如果桂缤纷没记错，刘军是和自己同一期进的公司，所以，如果说桂缤纷还是一个职场新人，那刘军也好不到哪里去。几次下来，桂缤纷却发现这个叫刘军的家伙和自己果然不一样。一方面，他非常懂得察言观色，知道看什么人说什么话；另一方面，他行事谨慎，基本上不会擅自做出什么主张。最主要的是，桂缤纷从刘军那里学到了一个技能，就是不管对方说什么，一定双目对视一边听一边心领神会地点头。

"啊，对对对，总之，就是这样的。"这是刘军常常挂在嘴边的话。

慢慢地，桂缤纷开始意识到，像刘军这样看起来老成的家伙，往往不会被所谓的"老员工"欺负，他就像是游离在新人群体之外的某种生物，在你毫无意识的过程中，慢慢地过活。

海龟！

桂缤纷忍不住点头，果然是海龟啊！

但让桂缤纷万万没想到的是，刘军和自己就这样有了交集。

原本是为某个离职的同事开欢送会，结果老板不知道怎的就拉住了刘军说天谈地，刘军一边笑一边点头，然后不断应和着老板："是啊，我也是这么想的。"桂缤纷简直对刘军佩服得五体投地，老板说的那些东西，她根本一点也听不懂，但刘军却像是老板肚子里的蛔虫一样，简直太厉害了。

　　老板抓着刘军一喝就喝了好几瓶，后来刘军从厕所出来的时候，一下就吐到了正在补妆的桂缤纷身上。

　　"啊喂！"

　　"对不起，对不起……"

　　桂缤纷一边擦着呕吐物一边犯恶心，抬头却看见是刘军。

　　"对不起，对不起……"刘军还在一味地道歉，"我明天买一条新的裙子还你吧。"

　　"算了，不用了。"桂缤纷从包里拿出湿纸巾用力擦了两下。

　　刘军从口袋里拿出一张自己的名片，递给桂缤纷："我是E组的刘军，你回头……"

　　"我认识你。"

　　"啊？"

　　"我说，老板说的那些话你真的都听得懂啊？"

　　"什么话？"醉醺醺的刘军稍稍思索了下，"噢，啊哈哈，你说那些啊，很简单啊，就是不管对方说什么，你就说是好了，这样是绝对不会得罪人的。"

　　桂缤纷大为吃惊："所以说，其实你根本什么都不知道？"

　　"知道不知道，你自己心里最清楚，这种事情，永远不要表现在别人面前就好了！"

刘军意识到自己酒后失言，尴尬地笑了笑，然后绕道走了出去。

或许真的是个办法。

不管怎么样，那天之后，老板对刘军变得照顾有加，甚至有人说刘军很快就要升职做领导了。桂缤纷想，如果自己也变得像刘军那样老成的话，且不说能不能尽快升职，但至少不会再被当成新人看待了，想着前台对新人和对老员工泾渭分明的态度，就让人生气。

下午开完会后，同组的小C打开网页和旁边桌的小D讨论起淘宝热销的某款裙子来，最后两人为到底是红色好看还是蓝色好看争执不下的时候拉来了桂缤纷，桂缤纷看了看，微微摸了摸下巴，清了清嗓子，说："其实，你们完全可以买自己喜欢的颜色，就算一起穿到办公室来也不会撞衫。"小C和小D看着桂缤纷，一副莫名的神色涌上了脸颊。

"缤纷，你今天怎么了？"

"我？我怎么了？"

"往常的话，你可是会大呼小叫说你也要买的，可是今天……"

桂缤纷略微偏头，想着果然起了作用，轻笑了一声："幼稚，这种裙子，也就你们穿穿，我早就看不上了。"

似乎那天下午是一个契机，小C和小D的瞠目结舌让桂缤纷尝到了一丝甜头，这种感觉不言而喻，那种不敢相信的神色不是将她当成一个异类，而是感觉到这种飞跃一般的成熟好像凌驾于其他人之上，桂缤纷第一次有一种居高临下的感觉。

她就像是突然变了一个人一样。

或许恰好是有新人入职，加上之前桂缤纷确实乌龙不断，所以每当桂缤纷说出"我也有过犯错的时候，作为过来人，我得告诉你……"的台词时，就像极了在公司里待了十年以上的员工。

　　"总之，听我的话，肯定让你少吃亏。"

　　于是乎，新人们真的都将桂缤纷说的职场规则当成范本，而谁也想不到，半年前的她还不过是个摸不着头脑的家伙。

　　而且，确实就像桂缤纷想的那样，一旦摆出老成的姿态，那些喜欢欺压新人的"老油条"立马就掉头换了方向，也不再把矛头都放在桂缤纷的身上。

　　原本喜欢让她跑东跑西、来回折腾的那些胖女人，开始将这种使唤人的语气转向了那些依旧摸不着头脑的人。

　　不仅仅是言行，桂缤纷真的开始尝试着穿比自己年龄要老上五岁的衣服，头发盘扎起来，看着镜子里的自己，桂缤纷觉得确实可笑。

　　当海龟是肯定没错的。

　　桂缤纷再次为自己的伪装首肯。

　　"有什么关系呢？"桂缤纷心想，"不上班的时候，换回原本的模样就好了。"

　　但随之而来的问题是，桂缤纷到底是一个没有经验的"老人"，这种没有经验让桂缤纷感到匮乏，空口说说白话可以，但一旦有新人以请教的姿态询问一些工作上的专业问题，桂缤纷就立马变得口吃紧张，像是回到了半年前的模样。

　　"这个嘛，你其实不用这么快就搞懂，有些东西，慢慢来，会比较好。"

这是桂缤纷唯一能找到的借口。

即使有些新人也开始抱有怀疑的态度，询问道："真的是这样吗？"

桂缤纷立马解释道："当然，我还会骗你吗？你要知道，我当初和你一样的时候，可不会到处去打听这种事，你也知道，有些事情，懂得多，反而不一定是好事。"

谁也没有料到的是，老板居然在当天中午的会议上随机抽选员工起来回答问题，而这说巧不巧，刚好抽中了桂缤纷。

"桂缤纷，你能给大家解释一下商品前期的运作吗？"

"啊……"桂缤纷默默站起来，抿了抿嘴唇，微微扫视了一下周围的人，她清楚地看到有几个新人在角落里，要是被他们一口传出去，说她只是一个套着老成面具到处招摇撞骗的女人，那就完蛋了，最关键的是，早期喜欢欺负她的那几个人也都盯着呢，但这次是真的完了，桂缤纷根本不知道怎么回答老板的提问。桂缤纷感觉到了四周的眼神在自己脸上的灼烧感，似乎所有人都预想到了她根本不会回答的结果。

"你能跟大家说说吗？"老板不觉又问了一次。

这个时候，老板的手机突然振动起来，大概是什么要紧的电话，老板接完后脸色差了很多，好像是被抽掉了一罐头的血，虽然不知道发生了什么事情，但好在会议取消了。

桂缤纷总算松了一口气。

这样的状况持续越久，桂缤纷觉得自己承受的压力也越大：一方面，她根本没有思考过真正的老员工应该是什么样的状态；另一方面，从一开始她就做好了只要像刘军那样装装样子就好了的打算，所以，只想着得过且过不被欺负的她，又怎么会真正去掌握那些要领呢？

但既然有模仿者，自然就可以取经。

桂缤纷开始想，要是刘军遇到这样的情况会怎么办呢？

可是桂缤纷每次去找刘军的时候，不是遇到他在开会，就是遇到他在和客户谈事情，焦急也没有办法，桂缤纷只好等待时机。

周末有一场家庭聚餐，桂缤纷被父母拉着和几个远房亲戚吃了顿饭。因为突然被要求去和客户开会，所以匆忙结束之后，桂缤纷也没有来得及更换衣服就赶到了聚餐现场。

只是，桂缤纷这身装扮可把表舅妈给吓坏了。

"这是缤纷？"表舅妈担心认错，轻声问了问坐在旁边的表舅。

表舅抬了抬眼镜看过去："是啊，就是缤纷。"

"缤纷怎么一下子……"表舅妈没有说出那个"老"字，而是用"成熟"代替了。

不仅是表舅妈，好几个亲戚都被桂缤纷的装扮吓到了，这哪里是他们认识的那个活泼丫头，简直就是个居委会大妈。

桂缤纷很快就注意到了亲戚们的表情，她只顾喝汤，也不说太多的话，表舅妈终于忍不住开口对桂妈妈说："缤纷这工作也太辛苦了吧，一下子就让她瘦了一大圈，还……沧桑了这么多。"

桂缤纷终于忍不住，说："表舅妈，这叫安全，你知道外面社会多复杂吧，我这只是给自己穿了一层保护色而已。"

"那缤纷你有没有找个男朋友啊？"

"没有啊，工作那么忙，哪有时间。"

表舅妈摇了摇头，表示不懂现在年轻人的想法，好好的年纪为什么要化那么浓的妆，而且工作对于女人哪有那么重要。

"你懂什么？"

虽然心里翻滚了好几遍，但桂缤纷最后还是没有说出这句话来。

那天散局后，桂妈妈拉着桂缤纷小声说："你怎么穿成这样？要不是都是自家人吃饭，别人肯定以为你是嫁不出去的剩女了，明明才二十出头的姑娘……"桂缤纷没好气，没有和母亲再多说什么，回到家之后，立刻脱掉了那套像蛇皮一样的衣服，那当然不是她喜欢的，可是有什么办法呢？这是她生存环境的一种规则。

一个月后，老板竟然提出了员工轮岗的制度，表面上说为了让同事之间能够彼此多多接触，顺道让每一位员工都成为全才，而事实上，明眼人都知道，是公司内部出了些问题，不过这样的事情，也轮不到员工来操心。

可对于桂缤纷而言，突然更换的环境让她有些措手不及。

组内的直属上司从女人换成了男人，同组的新人又个个年轻美貌，她们似乎根本不用像过去的自己那样担忧，不但没有老人欺压她们，甚至因为她们的错误而选择帮助她们，那些老员工大多数是还没有结婚的单身汉，所以对刚刚毕业进入公司的小女生格外垂涎。原本桂缤纷和她们的年龄差距也只有一岁半岁，可因为自己故意老成的妆容，显得自己和她们格格不入。

"缤纷姐……"那个看起来比自己还要老的女生因为穿着一套学生装，这个"姐"字叫出来的时候，竟没有一丝违和感。

"怎么了？"

"这个，我不懂，你能不能教我一下？"

"这个你不需要懂的，你才刚入职多久啊。"

"我入职三个月了呢！"

"三个月？"桂缤纷轻笑，"三个月才刚过实习期吧，想当初，我也和你一样，特别急，可是急有什么用呢？"

这时，同组的一个男人突然走了过来，对着那个老气的小女生说："什么不懂，我来教你。"

老气的小女生一边看着桂缤纷一边看着那个帅气的男同事，最终还是选择了跟他过去。

桂缤纷睥睨着那个男生，他正耐心地和那个老气的小女生讲问题，她感觉到从胸腔喷薄而出的一股怒火。

这类的事情又发生了几次，桂缤纷立马意识到自己在组里已经变成了一个透明人，没有人再去询问她，也没有任何人去关心她。

周二的某个下午，桂缤纷突然来了月经，急忙跑到洗手间，从包里取出一片卫生巾，这时，正巧有一个新人从隔间走出来，看见桂缤纷手上的卫生巾，又惊又喜地笑着说："原来缤纷姐也用这么少女的牌子啊！"

桂缤纷来不及和她寒暄，就闯进了那个隔间里。

她在隔间里听见了流水声，很快，水龙头停止了流水，紧接着，开门，关门，整个空间终于安静了下来。

刚才那是嘲笑吗？

应该是吧，可是，对方有什么资格嘲笑她？

果不其然，等到桂缤纷走出洗手间时，她发现组里每个人看自己的眼神都变了，暧昧不清又略带嘲讽的神色。

是一种嫌弃。

海龟呢？

桂缤纷想，此时要是海龟会怎么做呢？缩头缩脑躲进龟壳里，不问世事。

桂缤纷走到刚才在洗手间遇到的那个新人面前，压低了声音说："少女心怎么了？难道就允许你一个人有少女心吗？"

对方像是被戳穿了真面目一样，诡谲地笑了笑，轻轻看了一眼四周，表情瞬间就变得羸弱起来："缤纷姐……我不知道你在说什么？"

"你别装了。"

"我……"

这时立马有人跟了上来，指着桂缤纷说："你干吗仗着自己是老人就欺负新人啊！"

桂缤纷觉得天旋地转，什么都不愿意再说。

下班的时候，桂缤纷提着包走在商业街上，看着那些半年前还热衷的公主装，竟忍不住想要哭出来，看着玻璃窗里老气又奇怪的自己，真是又好气又好笑。桂缤纷扯掉了盘扎头发的皮筋，然后坐在路边的椅子上。

这时，大大小小的公司都到了下班时间，写字楼里陆续有人走出来。

职场新人，总是能被一眼就从人群中认出来，他们懵懵懂懂、战战兢兢，说话不敢大声喧哗，还总是忐忑又忍气吞声。

但不知道为什么，她第一次那么羡慕那些从写字楼里走出来的新人。

他们好像什么都不懂，可是，他们似乎什么也不想懂。

职场变色龙

出于工作、交际的需要，初入社会便要学习如何八面玲珑、应付四方。逐渐习惯伪装于人前，变得圆滑多面起来。

插图 / 孙十七

我和我最好的朋友

TEXT
王一

我赶到海底捞的时候已经迟到了。

店里人满为患，我找了半天，最后还是要打电话，照着对方的指示才能找到位置。等到落座了，才发现我还不知道他的名字，手机通讯录里的"相亲五号男"差点蹦到嘴边。我尴尬地笑一笑，说："Hi，不好意思哦，加班。"

他好像比照片上要胖一些，也可能是我记错了。衬衫不太合体，肚子上的纽扣紧绷绷的，低头时还能看到领子上泛着些黄。头顶的头发也有些捉襟见肘，半遮半掩露着头皮，灯光下更显惨淡。

哎呀！早知道答应见面之前就该仔细看看照片。我想着，不动声色地拿起菜单点菜。

对于相亲这件事，我好像仍旧有些不适应，但妈妈一再打电话，介绍新的相亲对象，我却也没有拒绝。

她介绍对方的情况时，我正忙着看直播，一边嗯嗯啊啊地应着，一边稀里呼噜地往嘴里塞外卖，左耳进右耳出，最后连名字都没记住。

挂断电话之前，妈妈再三嘱咐我："表现得活泼一点！活泼一点晓得吗？"

吃饭时看大胃王木下的直播，这是我去年失业时开始养成的习惯。经济不景气，公司说裁员就裁员，我也没有办法。投尽简历，还是找不到谋生的法子，城市的夜景就显出五光十色的残忍来了。遣送金不多久就用完了，只好早晚一桶方便面，重油重盐，泡椒防腐剂，不多久就开始反胃。正好视频网站里推送木下的直播。瘦瘦小小的女孩子，却吃下去那么多食物。我看着屏幕里的她狼吞虎咽，泡面好像也变得美味起来。

久而久之成了习惯，不看直播就会食欲不振。就像现在，我搜肠刮肚应付对面的提问，看着面前的火锅，看着羊肉卷在其中翻滚，却没有半点动筷的欲望。

大概是看我恹恹的，"五号男"状似关心地问："你还好吗？看你都没吃什么东西。"

我心下有点感动，说："啊谢谢，我只是……经常和朋友一起吃饭，突然她们不在就有点不习惯。"

天知道我为什么要这么说——我从来都没有一起吃饭的朋友。从大学到现在，一直孤身在城市里漂，从来没有空余的现实留给别人分享，也找不到人同我分享。然而话都已经说出口了，我总不能再收回去，坦白我是个孤僻的怪人——这显得我不仅孤僻，而且虚伪。

"我的朋友们啊，其中有一个，特别能吃，我们一起出来吃饭，她都要点超大一份的！"于是我按照木下在直播里的食量，比画着说，"就是脸盆那么大一碗拉面，她可以一顿吃完哦！"

"五号男"笑起来，竟有些爽朗的影子："那她是不是很胖啊？"

"才没有！她超级瘦的！吃多少都不会胖，超羡慕她啊。"

他打量了我一下，说："哦，这样啊。"

我不知道他是什么意思，只好假装喝水，从眼角觑着他的脸色，却发现他脸颊上几个小坑投着阴影，鼻子上也是，落在一片油光里，像落了几粒芝麻。

我忍不住轻轻皱了皱眉，只听他又问："你每天都要工作到现在吗？是不是很忙？"

我意识到他是说我迟到的事，嘴里说："也没有……我平时下班还是比较准时的，只是今天事情比较多……啊对了，下班的时候，我有朋友给我推荐了一家甜品店。过会儿要不要一起去？"

他默了一默，说："我很想去啦，但是我身上的现金可能不太够……"

我说："那里不贵的啦——啊，甜品的钱我来付吧。就当是我为加班迟到赔罪了。"

他愣了一愣，说："好。你人缘真的很好啊。"

我笑了一笑，暗自有些得意。

其实前几天我才找到新工作，还在试用期，除了帮人跑腿复印就没什么事了。迟到是因为下班以后，我留在工位上看直播，主播静静经常直播些吃喝玩乐的日常，今天正好介绍我提到的那家甜品店。我一直等到同事都走完了，才收拾东西出门。

从木下开始，我渐渐接触各种各样的直播。除了木下和静静那样的，屏幕里更多的是和我一样的普通人，把生活剥开摊平，袒露人前。只要点开App，空无一人的办公室和逼仄的出租房就变得喧哗友善，把埋头复印抬头跑腿的一天都洗刷干净。

我的朋友们，正穿过屏幕同我互动，嘟着嘴为我打气，温柔款款地给我建议，让我认识到，我对他们有多重要。作为回报，我也更加深入到他们的生活里去，尽管相隔甚远，但是镜头代替我给了他们最热切的回望。

我和"五号男"从海底捞出来，我问他车停在哪里，他耸了耸肩，说今天限行，只能坐地铁了。地铁站有些远，路上略有些冷，我紧了紧大衣的扣子，忍不住盯着身边路过的人看。灯光下的人脸模模糊糊，他们过着什么样的日子，又要回到谁的身边。我这么想着，心里莫名有点酸酸的。

这个时候"五号男"清了清嗓子，问我："你平时都做些什么啊——除了和朋友一起，你单独在家的时候都喜欢做些什么？"

火锅店里，我已经把有特色一些的主播朋友都介绍给他了，唯独没有说到我平时做些什么。粗粗想来，大概因为我的生活大得像湖，喜怒哀乐倒进去，立马稀释无踪，却又小得可怜，除开看直播的欢喜，早晚一个多小时的公车上班下班，吃饭睡觉，像填满口袋的沙子，干枯拥挤，乏善可陈。

"其实平时都没什么好做的——"我突然想起之前的相亲对象，赶紧改口道，"也就是做做饭，做做家务，偶尔看点书。哦对，我最近在看一本经典小说，我朋友也有在看……"

我停了一下，因为上次"同陈小姐一起阅读，做灵魂有香气的女子"直播到这里，我就被我室友叫出去了，所以我根本不记得是哪本书了。还好我还有说其他的爱好，赶紧转换话题，跟他传授了一番怎样剥蒜才能又快又清洁、料理虾仁如何才入味、鱼汤去腥之类的小窍门。

他一面听，一面低声应着，全没有之前其他人不耐烦的迹象。我感受到他释放的善意，说得更开心了。

他突然说："其实这些也是你朋友教你的吧？"

我矢口否认。他又说："你说话的语气完全不像之前，听起来有点怪怪的。"

我有些不开心，恰好地铁站到了，我还是想留下个好印象，于是说："嗯，我先走了，再见。"

他挥了挥手，消失在街道汹涌的人潮里了。

回到家，室友正从浴室出来，看了我一眼，抽了抽鼻子："你去吃火锅了？好大的味。"

我不好意思，说："今天去相亲了。我现在就去洗澡。"

"哦。"她应了一声，往她的房间里走，回头又说，"记得把浴室里的头发清理干净哦。还有啊，你晚上看视频记得戴耳机。"

不等我回答，她已经把卧室的门关上了。

洗完澡，我又到厨房煮了一碗泡面。回到房间，打开电脑，刚好开始一个美少女直播她和她的朋友们。今天聊天时，我提到的和朋友之间的互动，大多就来自这个直播。我感激她们让我不至于无话可说，忍不住第一次花钱，买了一束鲜花送给她。

她第一时间就回应了我的谢意："谢谢'心雨芬芳'的花束！爱你哦！"

我忍不住笑起来，在输入框里写道："今天我才要谢谢你呢！"

我的话带着小框，随着别人打赏的音效和动画，一起弹进屏幕。

想到今晚种种，我突然想起来——我忘了要和"五号男"去静静推荐的甜品店了！

我抓起手机，发短信给他："聊得太开心，我都忘记还要去甜品店了。下次一起去吧！"

等了半晌，他还是没有回复。我有些心灰，端起碗，看着直播，把泡面吃完。

洗碗回来，手机上多了一条未读短信。

——"五号男"刚才一定是还没到家，所以现在才回复我。

我这么想着，点开短信。

他问我："那家非常大碗的拉面是哪一家店啊？"

我逐字读完，还没有回复，手机又振起来："要不然把你那个朋友的微信号给我吧，我直接问她。"

我愣在当场，自觉受到了莫大的侮辱，却又好像是被逼到了角落——我怎么知道该去哪里找木下！

羞恼之下，我当即把他的号码拉黑。在房间里转了几圈，还是忍不住委屈，想大哭一场，却又哭不出来。

电脑里，美少女还在直播。她和她的朋友们嘻嘻哈哈，喝着酒，讲着俏皮话，穿着睡衣，拽着枕头打打闹闹。观众的打赏达到了高潮，火箭和航母哗啦啦地刷过去，美少女一边咯咯笑，一边还不忘依次感谢打赏的观众。

我更加愤怒——你凭什么这么开心？！

在我意识到之前，我已经把质问发了出去："你算是什么朋友？！"

刚刚发出去，我就后悔了。幸而这时又有一枚火箭掠过去，把我的发言挡掉了。

这时已经很晚了，然而我还不想睡。我不想就这样睡去，沉到枯乏的黑梦里，那里没有人关心我，也没有人期待我，在那里，从未有丰盈的生活容纳我，更无温柔的怀抱环绕我。

可是我也没有什么事情好做，于是一直看着视频里的枕头大战。

许久，终于到了尾声，美少女撩了撩头发，对我眨眨眼睛，甜甜地笑着说："好啦！我们要睡觉啦！不管怎么样，大家都要开开心心的哦！朋友们，明天见！"

终于，明天还有人等我再见。

睡意姗姗来迟，我趁着屏幕还未暗下，发出了今晚直播的最后一句发言。

——晚安，我最好的朋友们。

直播间的忠实观众

将大量的时间与精力花在观看各种直播当中，并且从中获得满足感，久而久之，沉迷其中，发现已成为生活中不可缺少的一部分。

插图 / 孙十七

空气劲敌

TEXT

曹小优

娄博士垂头丧气地坐在天桥上，觉得再也喘不过气来。

她看到她的心、肝、脾、肺都被暴露在天光下，被太阳晒得漆黑。

丢掉吧。她想，输都输了，这些器官要来做什么。

请帖还在脚边，她懒得再看一眼。

一定是孔丝丝的错。娄美娇想。

如果孔丝丝没有回国，一切就不会发生了。

三个月前，娄美娇刚考上博士。周围的人开始称她为娄博士。她不是很满意，会念书这回事是她生来的技能，毕竟从小妈妈教了，人丑就要多读书。比起学术名声，她此刻更想要个男朋友。不知是因为父母的催促还是周围越堆越高的请帖，"单身"两个字，像一根透明又锋利的针，被一向以学术武装自己的娄博士搁在被窝的最里层，却在每个夜深人静的夜晚刺得心隐隐作痛。

下班回家的路上收到了高中同学的信息，周末有同学会。

从来不参加这些的娄博士那天忽然辗转反侧。这样的聚会，她原本从来没有兴趣的，然而参加者里却出现了颜柯的名字。

　　颜柯是娄美娇从初中时就暗恋的校草。也是娄美娇对外界不断杜撰的"初恋男友"。对自己毫无男人缘的青春期无法启齿，自尊心可不允许娄博士拥有如此不堪的记忆，于是硬是偷拍了好些颜柯的照片，以便后来在朋友面前炫耀。谎说得多了，就好像成了真的。即便迎来无数"校草怎么会喜欢你"这样的眼光，也义正词严地坚持说下去。管他呢，娄博士想，总有一天，等我变美了，会有一个和颜柯一样的王子光顾我。

　　听到多年不见的颜柯要来，娄博士忽然有了兴趣。如今的自己早已不同于往日那个满脸油脂和青春痘，除了考试便别无所长的自己，她想，即便"女博士"这样的词语无情地将自己化为第三类人，毕竟现在的自己已经有了砝码，不再是那个抬不起头的女生了。

　　娄博士为同学会准备了新的裙子和高跟鞋，还提前去做了个一丝不苟的头发。到了会场，她先溜去厕所补妆，不忘将新口红往嘴上抹了又抹。推开门，大家刚刚进场，她伸长脖子东张西望，却没看到颜柯的影子。

　　这时，忽然有人拍了拍她的肩。转过头，一看是张纯纯。娄博士失望地叹了一口气。

　　"颜柯没来？"娄博士没好气地问。

　　"在那边呀！"张纯纯往远处的香槟酒台一指。

　　娄博士顺着她的手指看过去，在女孩们的簇拥间，站着一身正装的颜柯。他的肩膀宽了一些，头发剪短了。从清秀的少年变成了挺拔的青年，唯一没变的是眉宇间闪烁着清澈的明亮的光。那张她在梦里、在天边、在钱包里的照片上看了无数次的脸忽然以更加美好的姿态出现在自己的面前，娄美娇看得出了神，直到发现自己的双腿已经径直地迈向了他所在的方向。

"颜柯！"穿过层层人群，娄博士终于来到了他的面前，端着酒杯向他轻轻一碰。

"你是……"迎来的是一张惊讶的脸。

"我是娄美娇呀？你忘了吗？"

"娄美娇……"颜柯一脸茫然。

"就是年级第一名的娄美娇呀，你忘了吗？"旁边，一个面容姣好的女孩忽然接了话。松碎的卷曲的茶色头发轻轻地搭在胸前，恰如其分的妆容和修长匀称的身材。她的手轻轻地挽住颜柯的手臂，亲昵地贴着颜柯的肩。

娄博士忽然觉得眼前一阵晕眩。

想起来了，是孔丝丝。

"哦……好像有一些印象了！"颜柯尴尬地笑笑，礼貌地冲娄博士点了点头。

"他们好像已经订婚了……"张纯纯在旁边小声地说。

娄博士白了她一眼，将酒杯咚地丢在桌上，转身离开人群。

她怒气冲冲地往前走去，两截过季莲藕般粗壮漆黑的小腿踩得高跟鞋嗒嗒直响。

孔丝丝，又是孔丝丝。

娄美娇捏紧了拳头。

从学生时代起，孔丝丝那类人便是娄美娇的眼中钉。

女孩们的偶像，男生们的麦当娜，性格开朗讨人喜欢，优渥的家境和良好的品位。除了考试分数，找不到任何足以碾压她的地方。为此娄美娇在学霸路上闭门造车一路修炼，前方有什么？她不知道，然而唯一能够抱紧的东西，她都要不遗余力地抓住。只要能超过她，哪怕就一样也好。

那天的同学会让娄美娇的心情跌落到谷底。

她给张纯纯打了一个电话，打听孔丝丝的消息。

从加拿大回国后，孔丝丝也考上了博士。做着电视台主持人的好工作，学术研究竟然也丝毫没有撇下。娄博士气得不停地打战，掏出钱包里颜柯的照片，在他脸上狠狠地写下三个字：负心汉。觉得不够解气，又将他的照片撕了个粉碎。

那个夜晚娄美娇睡不着了。她在想她要什么。

惩罚。是的，她想要的即是惩罚她，且要周围的人都来和她一样加入这样的惩罚。只有惩罚她，她才能找到宽慰。孔丝丝欠她什么？确切地说，除了"同学"这根薄弱得就快咔嚓一声碎掉的牵连，她们基本可以算两个毫无瓜葛的陌生人，然而她抢走了颜柯，她想。哪怕颜柯连自己的名字都不曾记得。

娄博士打开电脑，搜索孔丝丝的名字，顺利地找到了她的微博。

在漆黑的房间里，她飞快地滚动鼠标，一页一页地盯着她的照片和文字。眼睛上映出她精致的笑脸和愤怒的目光。

"啧。"她看着那些夸赞她的留言，咂了咂嘴。

迅速申请了一个账号，娄博士在孔丝丝的一张自拍照下留言："锥子脸是整的吧？狐狸精。"

写完觉得不解恨，又找到一张孔丝丝新买的名牌包照片，在下面写："假货吧？你买得起吗？"

将孔丝丝的每条微博都攻击了个遍，娄博士觉得心情舒畅了很多。

一会儿，便收到了张纯纯的消息："出大事啦，孔丝丝在网上被人攻击了。"

娄博士歪着嘴角一笑，说："是吗？"

发现张纯纯也不喜欢孔丝丝后，娄博士忽然和她亲如姐妹。哪怕自己暗自觉得张纯纯压根就是孔丝丝的劣质版，朋友圈铺天盖地的酒店下午茶和P歪的锥子脸。但俗话说，敌人的敌人就是朋友，此刻，哪里顾得上个人喜好呢，讨厌孔丝丝的人，搜集一个就一个。没有比这更真挚的友情了，她想。

第二天，娄博士特意买了份小点心，约出张纯纯，假惺惺地关心她这个那个，然后开始对孔丝丝展开激烈的批斗。娄博士决定和张纯纯联手，现实中无法让她过得惨，至少网络上不能放过她。是的，网络，网络是她最安全的屋子。那里没有人知道她是娄博士，没有人知道她在背地里做什么，网络的力量是无穷无尽的，在这个声大者占上风的匿名平台上，恶意才是主角。

一个星期过去了，除了寥寥几个回复，没有人去注意娄博士的留言。

孔丝丝的生活并没有任何改变。她还在不断更新近况，好像一切都不曾发生过。

娄博士开始有些坐立不安。她不信像她那么虚荣的人可以对此毫不在乎。于是变本加厉地在她每一条微博下辱骂，自拍照就留言整容脸，晒物照就留言是假货，秀恩爱就留言劈腿女，放合照就留言假闺密。无论孔丝丝做什么，她总能找到一个角度去扭曲和攻击，告诫一切她能找到的朋友说"要小心孔丝丝"，小心孔丝丝什么呢？她不得而知，只觉得这样为大家拉响警报的自己是天使，她甚至在一篇学术杂志上批判孔丝丝在研究的课题，孜孜不倦，乐此不疲。

这世上没有一丝不苟的人，一切都是有破绽的。她深信孔丝丝的幸福是赝品，她的能力是赝品，她的爱情是赝品，她的一切都是虚构的、假设的、杜撰的。人们应该停止对她的赞美，加入娄博士的行列对她进行惩罚。娄博士认为自己是有权惩罚她的，因为她罪有应得。大家都不了解真正的她，只有自己，才是全世界最清楚的。

娄博士开始沉迷于这样的生活，好像自己是正义的使者，得知一切真相的神灵。想象着孔丝丝会对此痛苦不堪的脸，她便觉得心情愉悦。

毕竟，把孔丝丝揣测得一无是处，再加以恶意的言语为调料，便是现阶段的她能做到的最厉害的报复。认为自己的猜测便是事实，自己没有的他人必定没可能拥有，充满恶意，却自以为是正义。娄博士忽然觉得自己找到了人生目标，就是携手张纯纯，击败这个劲敌。

两个月后，孔丝丝的微博停止更新了。

娄博士忽然觉得看到了胜利的曙光。就要击败她了，她想。

三个月后，孔丝丝删掉了所有的微博。照片，文字，一字不剩。

娄博士看着闪着微光的电脑屏幕，哈哈哈地笑了起来。生活忽然变得明媚起来。她按照父母的旨意去相亲，认识了一个有啤酒肚的中年男人。男人非常迫切地想结婚，而娄博士觉得他们宅起来的地方情投意合，欣然答应了。

真是风水轮流转啊。娄博士喜滋滋地想。

三十年河东，三十年河西，谁知道谁能笑到最后呢？

这时，门铃响了起来。

娄博士哼着小曲，移动着臃肿的身体，打开了门。

拆开邮递员递来的信封，她忽然愣住了。一动不动地站在原地。

是孔丝丝和颜柯的婚礼请帖。

他们在请帖上的笑容如此刺眼，以至于娄博士觉得有些晕眩。

回到电脑前，娄博士开始疯狂地查找孔丝丝的蛛丝马迹。她不敢相信自己的付出竟然付诸东流。她或许有了新的微博账号，她或许还有新的黑料。亮起的电话屏幕上显示着相亲对象的名字，然而她已经顾不上了。顾不上吃饭，顾不上说话，顾不上应付一脸油光的相亲对象。让孔丝丝过得不好才是她最大的课题。她那种人怎么能过得好？

这次要弄死她。她愤愤地想，开始撰写起新的留言。

　　伸手拿过桌上的镜子，她认真地照了照，发现新割的双眼皮终于消肿了，于是心满意足地在微博上传了一张看似漫不经心的文艺女青年式自拍照。想着或许明天又能击溃一次孔丝丝，她很满足。毕竟能做到的，她全部都做了。

键盘侠

现实生活中沉默寡言，却在网络上肆意表达各种观点看法，展现极强的"正义感"和"荣誉感"，盲目跟风，易被人利用形成网络暴力。

插图 / 孙十七

这美好的丑陋

TEXT
小河

⊤

⊙ 小说剧场 · 奇怪的你

　　酒圆刚刚化好了妆，坐在电脑前打开了摄像头，正准备开录，突然想起来忘记了什么。她拼命伸展着肥胖的胳膊，去够桌子旁的塑料篮，好不容易抽出了一顶凌乱的烟粉色假毛，理了理抽丝的发网往捆好的头发上套，假毛刘海耷拉下来，一绺一绺的像八爪鱼的触手。

　　酒圆打开了直播频道，陆陆续续有网友点开来看了。

　　她开始捏着嗓子细声细气地打招呼："大家晚上好，我是你们的酒圆噢！"

　　"拜托你不要再用这么恶心的声音说话好吗？"下班的男友刚好推门进来，鄙夷地说了一句。

　　"你管我。"酒圆恶狠狠地瞪了他一眼，扭头继续对着屏幕娇羞地笑着。十来平方米的出租屋对两个人来说实在太窄小，昏暗的灯光也让屏幕显得模糊不清，男友为了不入镜而挤在床头的角落里闷闷地玩起了手机。大概是梅雨季节的关系，空气里泛着潮湿的味道，掺和着酒圆黏腻的声音，更让人觉得喘不过气来。

　　"今天，酒圆来给大家表演卸假睫毛哦……"

　　男友不知道卸假睫毛有什么好表演的，更不理解这样的表演为什么还会有点击量。

不过这一切都源于几个月前酒圆参加了网络社区的一个选美比赛，她以一组离奇夸张的小魔仙装扮照片，在众多美艳绝伦的参赛选手中"脱颖而出"，成功地闯入大众视野——肥胖得快要撑破那件光面裙子的身躯，跟素颜没什么区别的大脸盘，简直丑得一鸣惊人。下面的点击量和评论量一度飙升，"辣眼睛""生化武器""可怕啊，谁快点把她发射到火星上"……铺天盖地的热评几次把酒圆的帖子刷到榜首。

选美是没戏的，但酒圆这个名字和她跳梁小丑一样的扮相已经被深深印刻在众网友的脑海里，挥之不去。

当然，酒圆的初衷也是下了班闲得慌找乐子，收到突如其来的连连恶评也曾黯然流泪过，本想着这件事风头过去就算了，连账号都打算弃了。就在她思忖着最后一次登上去把里边的帖子清空的时候，她收到了网站管理员的一封来信。那封来信简要说明了这个选美大赛是为网站之后的直播业务做铺垫的，入选的选手都能享受直播间提供的资源，而酒圆的点击量和曝光率极大地提高了网友的关注度，网站想为她这个类型开个特例，让她专门进行"丑化"直播……看到这里的时候酒圆简直暴跳如雷，什么？！要我专门扮演"丑角"，还让网友持续不断地攻击我？你们还有没有良心！正在内心暗骂的时候，她瞄到了最后一行特别加粗的字体——"网站除了会提供给您与主推主播相同的薪资待遇，还会根据每日进入直播间的人次给予您相应的提成报酬。"

酒圆的目光在这行字上停留了很久。她在脑海里飞速地算着，上次热评点击量就有十来万，若是走势好，每次直播能有千人次观看的话……她一边想着，一边环顾自己窄小拥挤的住所，老化的灯，已经有些卡屏的电脑，这一切的简陋全部源自她和男友局促拮据的经济状况。如果丑能变现，丑能变成财富，丑能解决物质上的问题，何乐而不为呢？不过就是多受一点嘴皮子上的小委屈罢了。

这样想着，酒圆的眼睛开始闪闪发亮。

在网站管理员的安排下，酒圆开通了直播间，开始发一些故意把自己化丑的化妆教程——化得好看是没辙了，酒圆一直是化妆苦手，但是化得丑对她而言简直不费吹灰之力。

"你们看，这个眉刷，在眉毛上笔直地刷一道——是不是就变得很美了呀？"酒圆故意把眉尖刷过界，有种一字眉的既视感。"哈哈实在太丑了。""这妆我给负分。"……评论区高潮迭起，酒圆一开始很不适应这样一边倒的恶评，甚至极力避免目光滑到评论区，但渐渐地她也就对此麻木了，毕竟骂来骂去就那几个风格，网友还能玩出什么花样来？不断上涨的人气和鱼贯而来的观众反而刺激了酒圆，让她愈发觉得兴奋起来。这些，可都是经济效益！

整个直播间就像一个巨大的放大镜一样，无限放大着酒圆的丑陋。网友们肆无忌惮的谩骂、嘲讽在不断堆积——当然这些尖刻的语言大部分只是出于追求毒舌的快感或是对生活不顺的泄愤。随着不断增长的报酬，酒圆开始意识到自己就是一台制造槽点和笑料的机器。不错，她感到自己找到了一条真正适合她的道路。

久而久之，在这些评论里，也开始零零碎碎地掺杂着一些支持她的声音，开始有人夸她"哇，这个妹子好有趣""其实挺可爱的""这个妆容，学习了"……这让酒圆感到难以置信，自己也渐渐开始有了真正意义上的粉丝？

酒圆开始有了更大的变化，这些变化，不是外貌上的，因此她自己也没有察觉，或者干脆说她根本没时间和精力去察觉。她忙着"自黑"，忙着丑化自己，忙着把这种无敌的丑陋传播出去……但是这一切，都被男友看在眼里。

酒圆之前的工作相对轻松，当然收入也平平，她总能比天天加班的男友提前几个小时回家，会在租房的公用厨房里做一些简单营养的料理，然后上网看看视频追追剧，等男友下班。

两个人都在省吃俭用地为以后的日子存钱，生活过得单调，彼此却从来没有抱怨过，连争吵都很少。男友当初追求她，就是喜欢她有些笨拙的可爱和发自内心让人平和的感觉，待在她身边总会有一种岁月静好的愉悦。

在男友心里，酒圆不物质、不好高骛远，这让他也养成了戒骄戒躁的脾气。他想着慢慢来，好好工作，以后一定可以给她创造富足安稳的生活。

可是这短短的几个月里，酒圆就发生了如此巨大的变化。

起初，酒圆为得到了网站高于自己正业工资几倍的报酬感到狂喜不已，几近落泪，她会一边抱着男友一边说道："很快我们就能过上超棒的生活了！"这个时候酒圆还是以普通的暴露自己身材、外貌缺陷，加上劣质搞笑的化妆技术为卖点。但渐渐地她开始不满足于现有的成绩，她想要吸引更多的人来看她、关注她，刻意嗲声嗲气地说话，极尽矫揉造作之能事。并且她脑子一转，又开发了其他的"项目"，比如穿一些更能彰显自己喜剧效果的奇葩服装，家里的角落堆满了各种奇形怪状的装束、道具和假毛。男友劝她收敛收敛，她吭哧吭哧地反驳道："管他呢！租约期一到，我们就换个大房子住！"

男友回到家中，再也看不到之前那个温和乖巧的酒圆——做好了简单的饭菜，等待他归来。出现在他眼前的，是一个无时无刻不在盯着屏幕、关注着点击量、打扮得离奇丑陋的怪物。这个怪物还开发了凌晨的直播时段，专门供那些因为生活不如意而失眠以致戾气满满的人，通过嘲讽挖苦发泄怒气……

酒圆辞掉了正式工作，开始加入了网站直播的开发计划，像中了毒一般，绞尽脑汁地想着各种可以增加自己热度和曝光率的方法。男友看到这样的她，担忧之际又毫无办法——毕竟酒圆的收入已经是自己的数倍，自己连说话都不太有底气。

两人闹矛盾的次数也增多了，不过大多数时候还是冷战，毕竟酒圆是个大忙人，并没有闲工夫吵架。男友对这样的相处模式感到疲惫而绝望，也在不知不觉中对酒圆有些嫌弃起来，特别是当那做作的发嗲声在耳边徘徊的时候，或者是她直播时夸张地手舞足蹈时，那蓬乱的毛发或者她扮演角色的触手不小心蹭到自己，让人一阵心惊的时候。

终于，男友对她忍无可忍，提出了要分手。酒圆正在琢磨着新点子，一听这话，冷冷地嗤之以鼻道："分手？你这个时候提分手，不觉得亏大了吗？我可要赚大钱了呢。"这话彻底地击溃了男友的防线，他怒不可遏地回敬道："亏？即便如此我也不愿意和一个怪物一起生活！"

于是那次的争吵，酒圆和男友彻底决裂了。男友离开之后，有时稍微空下来，酒圆会有那么点愧疚感，自己那么说话的确太过分了。但一想到，过去的不可追回，而自己已经是个网络红人了，还怕以后没人来追没人来爱吗？

很快，网站举办了红人节，邀请红人们参加盛大的晚宴，酒圆自然也收到了邀请。

因为脱离了网络的保护，要到现实中去见人了，酒圆没有再进行奇怪的变装和化妆，而是特别定制了合身的礼服，请了化妆师帮忙打造合适的妆容。这段日子昼夜不息地忙着直播，总是吃外卖，屁股几乎不离座椅，导致她愈发地肥胖了——当然这对她增加热度是有好处的，但是穿礼服就没有那么轻松了，即便是定制的，穿着也显得自己像个硕大的会走路的水桶。她已经很久很久没有严肃、认真地端详自己了。

想来可笑，这世间大部分女孩子都是想尽办法让自己变漂亮的，像她这样把自己往丑里摆弄的，大概也就只有她们这群要靠丑陋变现的女孩了吧……管他呢，狠捞一笔，到时候再去把自己整得美美的也行。但一想到要放弃这么好赚钱的路子，又有点舍不得。

其他的红人有的是结伴而来的，大部分都以光彩照人的形象隆重登场，酒圆独自一人，夹杂在众多来宾中默默地往会场里挪动。这时中央的大屏幕开始播放每个红人的资料，附带着代表各自形象的照片。

各式各样的形象在眼前晃过，一闪而逝。

酒圆望着屏幕，有些发愣，在这些迅速流动的面孔之中，她终于看到了自己。硕大的面庞，像表情包一样的形象照，格格不入地撞入视线，在那一刻显得格外刺眼。酒圆的心脏突地战栗了一下，她好像听到了来自四面八方的声音——那无数高声的嘲讽、狂笑、谩骂，逐渐堆叠、汇聚成巨浪狂潮，疯狂地向她涌来、涌来……

最终，将她彻底湮没。

美感丧失症

网络带来的讯息风暴让人们逐渐对各种"美"感到习以为常，因此"丑"有了新的价值，引起一部分人的格外好奇和关注，甚至成为获取名利的制胜法宝。

插图 / 孙十七

此处应有掌声

TEXT
冯天

通告单		
演员姓名	化装时间	化装地点
蜂姐	5：30—6：30	喜来登酒店 8125 房

　　蜂姐被助理喊醒的时候，明显蕴藏着一种愠怒。她演了三十多年的戏了，已经很久没有安排在通告表里头一个化装的了，除了起降国际航线避无可避之外，她甚至没有在这个时间段醒来过。对一个五十多岁的女人来说，这个时段的睡眠可是弥足珍贵的。

　　可是这部剧的执行制片之一，某个不开眼的毕业生，竟然把她排在了这个时段。蜂姐取下眼罩，换下睡衣，从助理手中接过温水，吞下大葡萄籽等保养品，上了层薄粉后，便准备去化装室了。

　　"蜂姐，时间还早，要做个去水肿按摩再过去吗？"小助理跟了蜂姐两年，特别会察言观色，手机上的时间距离通告单上的要求只有五分钟了。

　　"你的意思是我看起来很肿吗？"蜂姐白了小助理一眼，接过小助理递上来的包包，"走，去那边再按。"蜂姐笑了，小助理听到这句话后，也心领神会地跟着笑。

来到化装室，工作人员已经全部就位了，衣服架上的衣服全部用蒸汽烫过，化装师像烙饼似的把一个小小的盒子瞬间展成一大片色板。大家见到蜂姐进来，纷纷问好。蜂姐挥手示意，没有坐到卷发板都已经调好温度的化装位上，而是往沙发上一坐，让小助理拿出日本买的瘦脸棒，嗡嗡嗡地开始按摩起双颊来。

化装师们都是业内老手了，一看就明白了是什么情况，蜂姐这是要摆谱呢。大家瞬间默契地开始各干各的工作，没有人来劝也没有人来问。半个月前定装的时候，所有人都知道蜂姐难对付，明明演一个常年坐轮椅的妈妈，却硬要让造型总监订一些很紧的裤子来。最后他们一联系赞助商，才发现是蜂姐自己投的牛仔品牌。然后就是盖腿的毯子了，棉的一律不要，要一线大牌的，要真丝的，花色还要搭配衣服……造型总监沉默了下，说："好。"

可身后造型团队那群跟班白眼都要翻到月球表面了，回去说这老女人怎么这么来事啊，不是只演个女五吗？

半小时后，另一个中年女演员来化装了，看到沙发上躺着的、小助理在旁边剥西柚伺候着的蜂姐，也是乐了，问蜂姐："姐，怎么不多睡一会儿再来啊？"

"我可从来不迟到的，传出去名声不好。"

"说规矩啊，还真是要跟蜂姐好好学学。"女演员跟身边的化装师聊起来，声音却是整个房间都能听见的，"十年前有个戏，台湾一个女演员来捞金，天天迟到，耽误大家化装的时间，因为是古装，所以要化特别久，前面延迟了，后面整个剧组都要停工。我跟蜂姐都在那个组里，每天等得要死要活的，后来，知道怎么好了吗？"

女演员停顿了一下，见蜂姐没有阻止话头，才继续讲下去："那天那人又迟到了，刚一进来，蜂姐就给了她一巴掌，说她一个女配角还来摆谱，不好好拍就滚，那个人都被打蒙了。哎哟，真是笑死我了。"造型师们听后没有笑，反而都有些僵住了。

大概过了两分钟，蜂姐才坐到与女演员隔着好几个身位的化装位上，让造型师给她吹头发。

"咖小的先化装，对吧？"女演员让造型师再给她补一层粉。

而这一次，蜂姐完全没有搭她的话。

化装过程中，蜂姐示意小助理，小助理递上了今天的通告单和飞页。她发现那个女演员今天在B组拍，A组只有自己和男主角两个人。这个男主角是当红小鲜肉，粉丝过千万，整个项目都是以他为中心的，他都不在这个房间化装。

造型中，其他演员陆陆续续都来了，互相打过招呼，一副其乐融融的景象。制片主任也来了，还没到一根烟的工夫，就被刚好化完装的蜂姐拉到旁边的走廊。

"许主任，这戏我真是看你面子才接的。"

"是是，蜂姐……和我们合作……四次了吧，都是……老朋友了。"许主任看上去是个温厚的胖子，说话的时候慢吞吞的，像一只树懒。

"五点半，我不是起不来，这是我作为演员的职业素养。"蜂姐开始不绕弯子，直说了，"只是这个时间段安排得很没有效率，我装化好了还要等一个半小时才去片场，我昨天看台词本看到三点，多给我一个半小时时间，我能做很多事情。"

"是是是……姐……说得都对……我们刚开机……好多问题都要调整，我一定让统筹把这事办好……"

"好吧，看在你的面子上。不过，不要因为这些不必要的细节影响工作状态。"

"好好好。"

"还有，剧本的事情——"

"——导演和编剧都在现场，姐，你可以去现场跟他们沟通下。"

"好吧。"

许主任点头哈腰，送蜂姐进电梯后，转头变了脸，打电话去了。

出发前，蜂姐在保姆车里看台词本，小助理小心翼翼地递上iPad给蜂姐，上面有刚刚收到的接下来一星期的通告表。蜂姐一看，化装时间依旧是五点半，不变。

通告单		
演员姓名	化装时间	化装地点
蜂姐	10：00—16：00	白湾碧桂园别墅 9B 栋

六点半的时候，溜溜被导演的来电吵醒，此时距离她睡下不到两个小时。作为苦×的跟组编剧，全因为这个项目一拖再拖，直到开机前还只有八集剧本，只能天天下飞页。另外两个编剧在家写稿，溜溜资历最浅，自然被派去剧组，方便两端沟通。

除了演员外，其他剧组工作人员都住在喜来登旁边的商务宾馆里。溜溜拿到门卡后进门一看，环境尚佳，可窗户上竟然没有窗帘……夜猫子的她已经在多年的不良习惯里养成了颠倒的作息。找来剧组的生活统筹帮忙，才发现整个宾馆真的没有多余的窗帘了，现在订一批起码得等一个月后才能装上。一个月后，她应该走了……看着房卡上的门牌号码，隔壁就是导演的房间，溜溜知道剧组已经把很好的位置留给自己了，便也没有再提要求，从淘宝买了个眼罩，没到货的那几天便用口罩当眼罩先用着。

导演这个电话打了两通，溜溜迷迷糊糊地接起来。导演问溜溜能不能一个小时后一起出发去片场，因为今天蜂姐第一天进组拍戏，有个编剧在好沟通一点。溜溜想起来的时候同伴的叮嘱——"你千万不要对导演说不"，便答应了下来。

去片场的路程需要一个多小时，溜溜坐着导演组的大巴，穿梭于建在海边的高速公路。场记小妹递给溜溜一份飞页，是今天的拍摄内容。溜溜一看，心里大叫不好——当初因为男主角背不下太长的台词，折腾走了好几拨编剧，所以她们三个编剧才一致决定调整人设，尽量让男主角量言简意赅句句独到，而把需要推动剧情的长台词都调整到对手戏的人身上。溜溜看到蜂姐的台词，很多超过三行以上的，而且分布在许多集里面的戏全部集中在一天拍，很考验演员的功底。

"昨天蜂姐给我讲了一两个钟头的电话，问我这个人物，所以我想今天找你来跟她聊，她会比较清楚点。"导演在副驾上跟溜溜说道。溜溜回想起自己对蜂姐的印象——香港人，年轻时美艳漂亮，现在保养得还不错，算是老戏骨了，背词的问题应该难不倒她，便又偷偷舒了心，在脑子里把词语组织了一番，准备好好地把蜂姐这个角色解释得有意思一些。

到了片场刚下车，溜溜就被蜂姐的小助理找到："蜂姐说带了零食给你吃。"

"真的吗？"溜溜一脸期待地跟着小助理走到休息间打招呼，"文老师好。"

"不用喊老师。"蜂姐手上拿着一支笔，敲着飞页问，"你是编剧，是吗？"

"对。"

"你来跟我讲讲，这些台词是什么意思？"蜂姐把台词本滑到溜溜面前，"我昨天拿到台词本就跟导演说，为什么会有这么多台词，你让我怎么背？我明确告诉你，给我三天时间什么事都不干，我也背不下来！"

溜溜整个人愣了三秒，然后一边说着"是吗，蜂姐您具体说说"，一边开始发微信在群里求助另外两个编剧，可这个时间点，她们没有人是醒着的。

"我性子比较直，就直说了，像这里……"蜂姐用笔尖重重地点着，"为什么会有'我这个老女人'这种词？你们内地人这种习惯真的不好，而且蜂姐我老吗？我说这种台词观众会信吗？"

"这个词可以改。"溜溜很没有骨气地妥协道。

"还有这里，喝茶就喝茶，吃鱼就吃鱼，还要讲什么茶庄的什么茶，讲没有刺的银鳕鱼，有必要这么复杂吗？这是在注水吧？虽然我知道内地电视剧都这样，但这真的是很不好的行业习惯，大家把节奏调快一点，戏才会出彩。你知道的，我是香港人，普通话没那么流利。"

"对，您其实可以按照您的语言习惯微调。"咄咄逼人的蜂姐和毫无反应的微信群让溜溜有点绝望。

"而且我觉得这个角色真的很low。虽然她只有五十场戏，但既然我接了，我们就要把她塑造得最好，我觉得最好全面调整下这个角色，不然我真的不想演。"

"这个角色很好啊，前半段是琼瑶剧女主角，有点像《甄嬛传》里的皇

⊙ 小说剧场·奇怪的你

后，后半段真面目解开，气质接近《甄嬛传》里的华妃——"溜溜连忙说出在路上已经准备好的说辞。

"——还《甄嬛传》？我演了几十年的戏，你们这个剧本就男主角女主角人设好，其他都是陪衬。"蜂姐打断道，"这个角色，现实中根本就不存在这样的人。你太小，不了解人性，她是收养的吗？不知为什么后面会这么坏？我家有个妹妹是收养的，所以我知道，我跟她相处了几十年，付出真心、亲情，但她始终把我当外人。所以你们这个人设根本就不成立。"

"我们的剧本是经过总导演和总制片确认过的，恐怕比较难调整。"溜溜只好搬出最终救兵来。

"不改好，我退钱给你们许主任，我不救这个场了。"蜂姐抱起胳膊说。

不然呢？！你要演十几岁的女主角吗？！现实中也不存在超人啊，难道不能演吗？！你收养的妹妹关这个剧什么事？！你退钱啊，关我屁事？！——溜溜的心中跑过无数吐槽弹幕，但是依旧只能面带微笑地说："蜂姐，别激动，要不今天先拍着，剧本的修改我们回去跟其他部门一起讨论下。"

"现在就改，我来改。"蜂姐拿起笔，开始在飞页上写起密密麻麻的繁体字。导演和现场制片、男主角都来看了几次，见这个状况，没人敢催开工，一直拖到全剧组放完饭，还继续等着蜂姐现场改词。等到蜂姐终于改好了，把飞页递给溜溜看，问溜溜怎么样。溜溜已是一个字都看不进去，什么都顺着蜂姐来。

"这样吧，现在改了这么多，我怕男主角对不好词，你打在电脑里，然后出去找个打印店打印出来给大家，快去吧，别让整个剧组等你开工。"溜溜就这样坐在片场，在全剧组的注目下打了半个小时的新台词，然后坐车出去找打印店。

上车前，蜂姐的小助理又来找溜溜说："蜂姐让你把她的台词都用四号字体加粗，不然她看不清楚。"溜溜抱着笔记本，在车开出碧桂园的大门后，哇地哭了出来。

"能开车回宾馆吗？"溜溜哭着问司机。

"这是导演组的车，要随时在片场候着……"司机说得很小心，生怕再让这个小姑娘受打击。

"那随便找找吧……"溜溜已经毫无战斗力了。

司机绕着白湾转了几圈，因为这片是新开发区，很偏僻，没有一家打印店。在此过程中，溜溜终于把刚刚发生的事告诉了其他编剧和总制片。总制片特意打电话过来安慰她，说演员改词很正常，先哄着，不要影响拍摄进度。溜溜就这样窝囊地回到碧桂园，坐到导演身边的监视器前。大概是男主角等得不耐烦了，蜂姐不敢再耍老江湖的套路，没等溜溜回来，剧组终于开工了。

监视器里，蜂姐和男主角刚刚过了一条戏。蜂姐的台词说得乱七八糟，前后矛盾，还假假地流了几滴眼泪。

蜂姐来到监视器前看回放，看到溜溜也在，问："怎么样？我这样改是不是好多了？"

溜溜睁着眼睛说："啊？我没看。"

"你没看？"蜂姐吊起眼角。

"嗯，我刚回来，不是找打印店去了吗，打印店也没找到。"

"哦，好吧。"

　　男主角也过来看回放了，蜂姐连忙走到男主角旁边跟他闲聊："怎么样，你蜂姐戏还可以吧？"

　　"给蜂姐鼓掌。"男主角说着还真的拍了几巴掌。

　　"调皮！"

　　溜溜看着这一幕，又想起总制片在电话里安慰她的话："她曾经是女主角，现在混到女配角，具体什么原因，相信你也懂了。我知道她很难搞，但我还是跟她合作了四次，你知道为什么吗？因为这种角色，找她，最合适了。"

　　——她们三个编剧做完这个人物小传的时候，开心极了，因为这个角色，真是贱得太到位了。

Drama Queen

易情绪化，喜欢做出一系列博人眼球的事情，乐意成为众人关注的中心，但常常被大家认为是过分折腾，把生活演成了一波三折的舞台剧。

Z———U———I

ZUI
COMMENTS

NOVEL

ZUI·视界

TEXT
甫跃辉×幽草

聊斋之爱

从欲望到真情

甫跃辉 文

甫跃辉

复旦大学首届文学写作专业硕士

出版作品《刻舟记》《少年游》《动物园》《鱼王》《散佚的族谱》等。
曾获《上海文学》短篇小说新人奖、郁达夫小说奖、十月文学奖、高黎贡文学奖等。

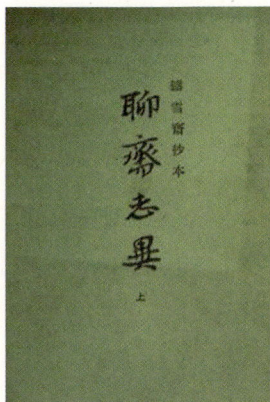

《铸雪斋抄本聊斋志异》 1979年·上海古籍出版社
（该版本是现存最早而又保存最完整的一个版本，对研究《聊斋志异》有重要的价值。）

　　很小的时候，还没读过《聊斋》，却早知道"聊斋"两字。那时候，"聊斋"这两个字总给我阴气森森的感觉。这种感觉与一部黑白电影有关。那时候，老家虽也有电影院，但几年也难得进去一次，露天电影也往往播一些热闹的片子，与《聊斋》相关的电影，是从电视上看来的。不记得那电影具体叫什么名字了，只记得大概的情节，讲一个男人怀疑自己年轻的妻子喜欢上了别的男人，就佯装死了。然后又作法让他怀疑的那个男人得了头痛的病，他又变作个走方的郎中，告诉自己的妇人，需要用新鲜的人脑才能医治那病。印象里最深的一幕便出现了，女人跪在男人的棺材边，向他诉说要借用一下他的脑子。我清楚地记得，妇人脚边，还有一把黑色的锋利的斧头。这个电影是我童年恐惧的一大来源。后来，一听说"聊斋"两个字，便不管三七二十一地恐惧起来。

再后来接触到《聊斋》，还是跟电影相关。那便是我们都熟悉的系列电影《聂小倩》。最早看的是第一部，那些肮脏的、粗糙的、血肉横飞的镜头让我感受到了更加直接的恐惧。但那仙气十足的女鬼聂小倩也让我怦然心动。哦，那时候大概是初中吧，也正是对男女之爱初生向往的年纪。爱和恐惧，原是一体的。

　　再往后，在课本上学到了《聊斋》的一篇："一狼径去，其一犬坐于前。""犬坐"意思是像狗一样地蹲坐。老师只让我们纠缠在几个字词上，哪里有多少趣味可言。《聊斋》带给我的恐惧和心动，顿时去了大半。

　　我那时候接触的课外书少，直到高中，才真正通过文字领略到《聊斋》的魅力。

　　读到的是《婴宁》。也是关乎男女之爱的。王子服初与婴宁相识，便"目注婴宁，不遑他瞬"，很快便向婴宁表白，并言明"夫妻之爱"乃"夜共枕席耳"，憨纯无比的婴宁则说："我不惯与生人睡。"婴宁的言笑灿烂，王子服的对爱执着，写来都那么动人。

　　读得多了，渐渐发觉，《聊斋》写到很多男女之爱，但似乎很少去写这些男女是为什么相爱的。或者说，他们之所以相爱，没什么太大的理由，基本上可以说是"以貌取人"。往往就是男女见面了（多半是男的主动，多半女子都不是人类），对方形貌秀丽或俊朗，就心动了。男女故事的开始听起来很肤浅，但蒲松龄将后续的故事写得很惊心，倒很符合《牡丹亭》里的那段话："情不知所起，一往而深，生者可以死，死可以生。生而不可与死，死而不可复生者，皆非情之至也。"

　　再以《婴宁》为例，王子服在上元节这天在外游玩，远远地看到一位女子"拈梅花一枝，容华绝代，笑容可掬"，便"注目不移，竟忘顾忌"了。女子走后，"遗花地上，笑语自去。生拾花怅然，神魂丧失，快快遂返。至家，藏花枕底，垂头而睡，不语亦不食。母忧之，醮禳益剧，肌革锐减。医师诊视，投剂发表，忽忽若迷"。从此，王子服心中再无别的女子，心心念念的，只是那给他留下一枝梅花的婴宁。

再如《阿宝》一篇。阿宝乃"绝色也"。孙子楚在他人怂恿下去求亲，阿宝开玩笑说："渠去其枝指，余当归之。"意思是说，只要孙子楚把自己那个六指头砍了，我就嫁给他。孙子楚听了，很轻巧地说："不难。"真就"以斧自断其指，大痛彻心，血益倾注，滨死"。后来，因为一直没见到阿宝，心想阿宝未必真那么漂亮，心才渐渐冷了。待后来一个偶然的机会，孙子楚见到阿宝，"审谛之，娟丽无双"。大家都散了，孙子楚仍愣在当地，以至于回到家里，"直上床卧，终日不起，冥如醉，唤之不醒。家人疑其失魂，招于旷野，莫能效。强拍问之，则蒙眬应云：'我在阿宝家。'"孙子楚的魂魄竟然跟着阿宝去了！

男女一见倾心后呢？《聊斋》是必要写到肌肤相亲的。

《聊斋》对男女之事的直接叙述，也曾经很是让我讶异。不禁纳闷，古人可不像我们很多人想的那么含蓄啊。

我们大多数人都会觉得，社会是越来越开放的，我们现在对待性爱，定然比古人放得开许多。可看我们当下的小说，又似乎不是这么回事。要么并不写这件事，要么把这件事渲染得极为突出，反倒不如《聊斋》里的，把男女之事当作吃饭饮水一般平常自然。或许也正因为作者把这看得平常自然，写来才会那么光亮动人吧。

看这些段落——

夜梦女郎，年可十四五，容华端妙，上床与合，既寤而遗。颇怪之，亦以为偶。入夜，又梦之，如是三四夜。心大异，不敢息烛，身虽偃卧，惕然自警。才交睫，梦女复来，方狎，忽自惊窹。急开目，则少女如仙，俨然犹在抱也。见生醒，顿自愧怯。生虽知非人，意亦甚得，无暇问讯，直与驰骤。女若不堪，曰：『狂暴如此，无怪人不敢明告也。』——【伍秋月】

筵中进馔，无异人世。然主人自举，殊不劝进。既而席罢，朱归。青衣导生去，入室，则九娘华烛凝待。邂逅合情，极尽欢昵。——【公孙九娘】

（陈公）捉袂挽坐，谈词风雅，大悦。拥之，不甚抗拒。顾曰：『他无人耶？』『公急阖户，曰：『无。』促其缓裳，意殊羞怯。公代为之殷勤。女曰：『妾年二十，犹处子也，狂将不堪。』狎亵既竟，流丹浃席。既而枕边私语，自言『林四娘』。——【林四娘】

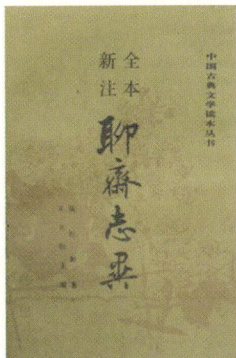

《全本新注聊斋志异》1989年·人民文学出版社

　　《聊斋》里的男女，到此处并未走向那个"从此王子和公主过着幸福的生活"的结尾。相反，他们始终被悲剧的阴影笼罩着。诚然，《聊斋》里不少故事的结局也是大团圆的，大抵是妖狐鬼怪化身的妻子帮助丈夫得了很多钱或者考上进士或者做了高官，但更多的故事，则早已埋下悲剧的种子。我们不可忘了《聊斋》故事的一大设定，那便是交往的双方，往往有一方并非人类。人和妖狐鬼怪之间，天然地便有了隔阂，这隔阂毋宁说是对人与人之间隔阂的隐喻吧。比如《葛巾》一篇，因为一句质疑的话，葛巾与妹妹便愤然离去；再比如《荷花三娘子》，宗相若先是失去了狐女，后又失去了与自己诞下一子的荷花三娘子。即便人与妖总算归于一类了，悲剧仍然不可避免，恰如《香玉》一篇，黄生死后，化作五叶赤芽，与先前的牡丹化作的妻子香玉、耐冬化作的红颜知己绛雪长在了一起，然而，"老道士死，其弟子不知爱惜，斫去之。白牡丹亦憔悴死；无何，耐冬亦死"。

　　爱来得纯净、迅猛，爱的追寻艰难、曲折，得到了爱，又往往一朝尽失。《聊斋》讲述的，不过是寿岁短暂的人类在茫茫人世间的一个闪光罢了。

川端康成

从 魔 界 中 凝 视 的

美 丽 与 悲 哀

TEXT 幽草

上海最世文化发展有限公司签约作者
已出版作品：《狼少年》

[日] 川端康成（1899-1972）
かわばた やすなり
日本文学家，新感觉派小说家。

日本文学艺术最高的荣誉机关——艺术院的会员
日本政府授予第21届文化勋章、日本文化功臣，西德政府
颁发"歌德金牌"，法国政府授予艺术文化勋章
1968年以《雪国》《古都》《千只鹤》三部代表作获得诺
贝尔文学奖，是继泰戈尔之后亚洲第二位获得诺贝尔文学奖
的人。

代表作品——
《雪国》初版，1937年
《少女的港湾》初版，1938年
《伊豆的舞女》初版，1927年
《少年》初版，1951年
《湖》初版，1955年
《生为女人》初版，1956年
《美丽与悲哀》初版，1965年

　　川端康成晚年的照片给人的印象十分深刻。头发几乎全白，整齐地往后梳着，露出一张老人的脸。脸上没什么肉，皮包着骨骼，一双神情凄清的大眼睛凹陷在阴影里，直直地看向镜头，宛如来自魔界的凝视。"佛界易入、魔界难入。"这是作家偏爱的一句话，也有研究者称川端康成的作品为"魔界的文学"。何为"魔界"，众说纷纭。这里仅以川端康成笔下的"恋爱"为线索，探索川端康成一步步踏入魔界的脉络，并得以一窥魔界中的风景。

《少年》1951年·目黑书店

《少年》：仅有一次的
纯情之爱

　　川端康成的初恋对象是一名叫作小笠原义人的少年，在小说《少年》中化名清野。那是川端康成在茨木中学念五年级的时候，二年级学生小笠原成了他的新室友。小笠原的温柔、纯洁深深地打动了川端康成，二人经常躺在一个被窝里睡觉，拥抱着彼此的身体。对幼年就失去了双亲与姐姐，和祖父二人相依为命的川端康成而言，同龄人温暖的肌肤比什么都使他渴望。当时，两个人都只有十六岁。

　　这份对爱的饥渴，很快转为了同性恋。小笠原坦然地将自己交付给他，对他说"我的身体都给你了，爱怎么就怎么。要死要活都随你的便，全都随你"。这份依靠使康成深受感动。在宿舍里，他坚决不让别人占据他的邻床，一定要安排小笠原睡在隔壁，有生以来头一次体验到生活的舒畅和温馨。

　　"我只发展到这一步。"五十岁时，在为《独影自命》做序言时，作者回忆道。事实上，二人的关系随着次年川端康成离开京都去东京念大学预科后，便仅有书信往来。1920年，小笠原中学毕业，听从父亲安排成为僧侣。川端康成则考上大学，趁着假期去嵯峨探望小笠原。然而这时的小笠原宛如变了一个人，每天只大谈特谈"神迹"与教礼，难免让他感到隔阂。在嵯峨，康成目睹了小笠原与他的同伴们修行的情景。

奔泻的瀑布水花打在自己爱恋的少年身上，在他身后白蒙蒙地画出一个圆圈，宛如罩着一层光。小笠原被瀑布濡湿的脸上带着柔和的表情与法悦，这份美令他恍惚：

"清野以前不是皈依于我了吗？但是，表现在以瀑布飞溅的水花为后光的他的身体与脸上的精神境界之高，我是无法与之相比的。我惊愕了。很快我就产生了妒忌。"

在嵯峨共同生活的三天，小笠原并没有提过二人的感情。分别后，小笠原的来信也只是大谈自己信奉的大本教。两个人分道扬镳，从此渐渐地淡却了往来。可这份爱情，却长久地保存在了川端康成的心底。

在五十岁时写下的随笔中，追忆往事，川端康成直言不讳："因为它是我在人生中第一次遇到的爱情，也许就可以把它称作是我的初恋。"

"我在这次的爱情中获得了温暖、纯净和拯救。清野甚至让我想到他不是这个尘世间的少年。从那以后到我五十岁为止，我不曾再和这样纯情的爱相遇。"

《伊豆的舞女》
1927年·新潮社

伊豆舞女电影拍摄
川端与吉永小百合

作为"圣少女"的
两位千代

1918年10月，川端康成初次去伊豆汤岛旅行，邂逅了一群巡回艺人，从那以来的十年间，他每年都会去汤岛。考上大学，与小笠原分别后的秋冬里，川端康成经历了一场短暂而"非常"的、惨痛的恋爱。1922年的暑假，因这场恋爱而一蹶不振、神经衰弱的他，带着过去的日记和书信再次来到汤岛，在这个夏天里写下了未发表的《汤岛回忆》。《汤岛回忆》的前47页写舞女的事，后面127页则全在追忆小笠原。从这本未发表的手稿中诞生了两部作品，即《伊豆的舞女》与前文提到的《少年》。

《伊豆的舞女》中，化名"薰子"的舞女本名千代，而基于那段惨痛恋爱，于1921年创作出的一系列短篇小说《篝火》《非常》《南方的火》《她的盛装》中的女主角道子，原名伊藤千代。《伊豆的舞女》脍炙人口，这里按下不表，单讲道子（伊藤千代）的事。如果说清野少年留给川端康成的是纯洁无垢的爱情体验，那么道子则带给了他浅尝辄止的温暖人情与来自生活的深深痛苦，这份阴影覆盖了他的余生。

二人相识时，川端康成二十二岁。道子十五岁，在东京的一家咖啡馆里做女招待。不久，道子因为父亲的决定，给岐阜县澄愿寺的一个住持收

康成与婚约者千代
岐阜市濑古写真馆

作养女，离开东京到京都去了。次年9月，川端康成去岐阜与她会面。两个人走过长良桥，在夜晚看着篝火时，川端康成向道子求婚，道子答应了：

"我没什么可说的。如果您要我，我太幸福了。"

此刻的康成，心中还纠缠着"是不是幸福，谁也说不好"的念头，道子却决然表示："不，是幸福啊！"

"于是，我拥抱着红彤彤的篝火，凝视着道子那张在火光的映照下忽隐忽现的脸。在道子的一生中，这样艳丽的容颜，恐怕很难再现第二次了吧。"（《篝火》）

之后，川端康成立刻回到东京准备结婚事宜。然而就在一个月后，却突然收到了道子的来信，信上写："我遇到了一件非常之事，无论如何也不能向您袒露，与其说出来倒不如去死。请把我忘了，当作我不在这人世了。"

"非常"，"非常"是指什么？心急如焚地赶往岐阜的川端康成，眼前的道子令他的心抽搐般地一颤。

"眼前的这位姑娘，哪还有一点像一个月前的道子，她的身容哪还有一点残存着花季少女的姿色？分明只是痛苦凝缩成的形骸。脸上涂着白粉，干巴巴的没有一点人的血色，皮肤像干鱼鳞片似的皲裂着，双目呆滞，像在凝视着自己心灵深处似的。身上穿着一件褪色发白的丝光棉袄。

《雪国》
昭和12年·创元社

身上哪有一点光泽。"（《非常》）

一个人留在岐阜乡下，为了婚约而每天拼命同养父母、乡里人情抗争的道子，在短短一个月内便耗干了全部的力气，变得憔悴枯朽。"非常"是什么，已无从得知，只是"我们的婚约把道子摧残了"，痛悟到这一点的川端康成，僵硬地坐在火盆对面。

然而，从前在伊豆旅行中短暂相逢的另一个千代，那流星般璀璨的美艳形象，却同道子的形象一同留在了他的心中。千代的形象一分为二，一个人化身为永恒的少女美神，一个人被生活摧毁，变成痛苦的残骸。

此后，"千代"一次次变换形象出现在川端康成笔下：在感伤中，她化身为《蒲公英》里精神病院中的美少女、《雪国》里在大雪与火焰中坠死的叶子；在道德感的鞭笞中，她化身为《美丽与悲哀》里爱着女画家而向女画家的男人复仇的少女美神；在柔情中，她化身为《生为女人》里于雨夜告别的美少女阿荣；在移情的作用下，她又是作家本人的灵魂写照。而少女千代内在的死亡本能，也一并留在了作家心中，随着岁月流逝愈发明显，并终将把他拖入那与现实并存的魔界中。

《少女的港湾》
1938年・实业之日本社

S小说鼻祖
《少女的港湾》

　　1936年在杂志连载、1938年出版的单行本《少女的港湾》，在文学研究中多被人忽略，却是川端康成的一部重要的作品，它开创了描述少女间绵绵情意的S小说（少女小说）这一独特流派，并在20世纪90年代随着今野绪雪《圣母在上》的流行在当代复苏。

　　《少女的港湾》收录了四篇中篇小说，在深度上层层递进，将少女们千回百转的心思描绘得玲珑剔透，而小说里各位少女形象、封闭学校及"姐妹关系"的设定，在2000年后已成为百合动漫作品中的固有设定。

　　封闭的寄宿学校、前辈与后辈的"姐妹"关系、两位少女为了追求同一个妹妹而争风吃醋的情节，显然来源于少年时与小笠原相恋的经验。在寄宿高中时，和二人同室的另一位室友也追求过小笠原，趁川端康成不在时偷偷引诱他，然而小笠原坚持拒绝，并将此事坦诚告诉康成，康成也大怒而同那位室友绝交。在《少女的港湾》中，川端康成俨然变身为心中的少女，用自己的心体验少女的心，用自己的经历讲述少女的经历。

　　小笠原的形象，不是以少年，而是以少女之姿出现，除了诚实地表明了康成的取向，恐怕也说明了他心中千代的身姿里，有少年小笠原的影子。既是少女，亦是少年；既能爱上女人，也能爱上男人，这个美少女的形象，将在后文细讲。

《美丽与悲哀》
1965年·中央公论社

《生为女人》
新潮文库

《美丽与悲哀》：
"爱与道德的枷锁。"

说到川端康成笔下最动人的爱情形式，莫过于"女同性恋"这一主题。而把这种关系刻画得最露骨、最激烈迷人的，当推《美丽与悲哀》。

《美丽与悲哀》讲述的是女画家音子在多年之后，同初恋的男人大木年雄重逢，替音子赴约与大木见面的，却是她年轻的女弟子兼恋人的庆子。

音子在十六岁时，委身于已成家的大木，十七岁时为他早产下一个死亡的女婴，又为反抗母亲而服毒自杀，被救后被送进了精神病院里。这段痛苦的经历却被大木写成了小说，大卖特卖，版税使一家人过上了宽裕的生活。

二十年后，音子成了著名女画家，心底仍然保存着对大木的爱情，可深爱着音子的庆子却不肯原谅大木。为了替爱人复仇，她先后勾引大木与大木之子太一郎。庆子与太一郎在琵琶湖上遭遇事故，庆子得救，太一郎死了。

成年男女与青年男女这个四人结构，在《生为女人》中也出现了。少女因为爱着她的"姐姐"而勾引姐姐的男人，反而使姐姐陷入了被双重背叛的痛苦中，同时又因为自己的年轻而飞蛾扑火，将自己也搭了进去——这俨然是《少女的港湾》在现实中的延续。包容着无暇少女之爱的静谧港湾，是川端康成在想象中张开的庇护所，如薪柴中的小小火烛，不是吞噬烧毁了现实，就是在现实的狂风中被吹灭。

承认现实就得熄灭火光，让火光燃烧就得毁灭现实——这种心境的纠葛，恐怕就是川端康成不得不走入魔界的根源吧。美丽也好，悲哀也罢，一切终将沉葬其中。

相比之下，川端康成刻画的男人则显得狡猾、肮脏、虚弱，他们是社会道德的狡猾枷锁，也是作家男性身份的化身——名利双收的大木与陷入不幸的音子，正是年轻时怀揣作家志向的川端与婚约者道子的化身；义无反顾的庆子一身明朗的男孩子气，亦能看出少年小笠原的影子。川端康成也许是在潜意识中，一边思念着同小笠原那样的纯洁之爱，一边以这份思念带来的复仇火焰报复自己的余生——而这也是对那永远丧失的美丽的深深追悔。

正如月亮女神有其三面相，作家心中的女性形象，也可以说是以少年和两位千代三者构成的"三位一体"。这三个形象，在《生为女人》的三位女主角中亦可寻见：年长而优雅的中年贵妇人市子，热烈地追求爱情，少年般可爱的美少女阿荣，以及忧郁封闭、寄人篱下的可怜少女妙子，她们整天在男主人佐山的眼前晃着。而《生为女人》的结局，也如同川端康成的人生：市子与丈夫重归于好，妙子从少女茧变为女人，皆大欢喜——阿荣却消失在了雨夜中。

写这两本小说时，川端康成已是享誉世界的大文豪，衣食不愁、全世界拿奖，诺贝尔文学奖也指日可待，过着余裕的生活。同时他又饱受失眠所困，甚至出现了安眠药成瘾的症状。这也加剧了作家的精神危机，从这个时期以来，川端康成的笔终于渐渐越过了那道德的一线，来到了那"不可以越过"反桥的另一端，魔界的境地。

《湖》
1955年·新潮社

《湖》：来自魔界的注视

其后的小说，如《睡美人》《一只胳膊》《湖》，说是"恋爱小说"，倒不如说是暴露性癖的恋物癖情色小说。此时，五十岁的川端康成已不再掩饰自己异常的少女嗜好，从少女心走向了崇拜少女肉体的变异之路。这个时期的小说，不得不提的一篇是《湖》。

《湖》描述了一个双脚丑陋如猿猴般的男子银平，因嫌恶自身的丑陋而觉醒了尾行美女的怪异癖好。痴汉银平在数次尾行中并未治愈自己的孤寂感，每一次的尾行之后，却反过来被丑妇、弃婴跟踪。银平觉得此生已无法获得救赎，只能将希望寄托于魔界，希望来世脱胎换骨。在银平的意识中反复出现的"湖水"，正如前文所说，那也是催生出一切，又埋葬一切的潜意识之海，也是他将笔下的少女美神们一个个地送去了的地方。

和《少女的港湾》一样，这个时代的作品尽管在文学评论家的口中地位不高，却意外地在20世纪90年代开花结果，蓬勃复兴——以ACG小众文化的形式。1998年以来ELF社发行的系列游戏"伊头家系列"三部曲，1999年Illusion社发行的游戏《尾行》，可以说是在灵魂上向川端康成的这几篇恋物癖小说致敬了。

Z —— U —— I

ZUI CLASSIC

NOVEL

当下见道

TEXT
消失宾妮×安东尼

〔遗忘的岛〕

错情书

TEXT
消失宾妮

PHOTO
胡小西

1

她一直以为，她要找一个她能够爱的人。

必爱她所爱，恨她所恨，不多一分不少一厘。因她而产生妒忌和独占欲。他是她所有的性格的光面，她是他的阴影。这世上有万万人得到她不在乎的谅解，而他因是她的爱人，而享有最难解的标准。她已经不信满腹经纶，也不信道貌岸然，她只要他诚恳，他不将美化作诱饵，也不将坦诚当作无赖耍给她就行。

他要有落落拓拓的真诚，以自己可得的与她分享，以自己不可得的与她平心静气地恳谈。

没关系，他们都得不到这世上最好的东西，但他们要得到真正的彼此，为彼此活，为彼此死。

这是她想要的爱情。

2

后来，岁月长河中，她爱上了一个人，却又巧，发现他背叛了她。他怪时间不凑巧，登场顺序太无情。

3

她自己也知道，她其实爱上了一个彻头彻尾的浑蛋。她知道他祭出了他所能给的最大的爱，虽然他仍然自私，也懦弱。

她不想去指责，谁心里没有弱点？——那种什么都不舍得，又希望都能完美解决的犹豫就是他的弱点。

他就是那种人，如果一切只是因为是非黑白，他可以非常果决置身事外地发言。可是一旦牵扯到他自己的错，他是审视不了的。有谁没有过人生的"拎不清"？他犯了大错，只是委屈了爱他的人必须去承担后果。

4

那时候，她身边没有任何人喜欢他，甚至没有任何人能理解她爱过他这件事，连过去为何爱过都绝口不想提。

她忽然觉得她实在累了，她渐渐懒于辩驳或是顾及他们的感受。

爱一个不值得爱的人，会让她变得廉价吗？

这就是他们在乎的吗？

可是，说到底，她不在乎这件事。就像真的没有人懂得，在黑暗里，她真的一字一句给他说一个假作的故事、真藏的心情，而他能挑出她藏得最深的那个告诉她："这就是你。"

5

她那时自己一个人生活，背着生活的困惑上楼，看着远方的霓虹，忽然发现，她对人生没有期望。繁忙而贫瘠的生活会让人想要在此之外找到一个立足点。她也许是在那时候反复告诉自己，还好有爱，幸而有爱。

她也有过那样的日子，以为和一个人过一辈子，一起取暖、厮守，一起把生活的困境都缠在腰上，一步一步往前走，会在绵延中酿出什么非凡来。

所以，她真傻。

她那么爱过一个人，不是不愿放弃，而是不知如何放弃。放弃是刻意的束手束脚，是叫人反复念着一个名字却刻意忘记——这简直是个悖论，到底该从何做起？

6

没想到她的不悔，最终要面对他的后悔。

当她想到他对她说分手的台词，想到这一生再也不能见到这个人，声音、誓约，所有的一切都将被她真正彻底地封印起来，她觉得人生的意义都在消失。

到底做不成一个悖论，而是一方取舍，另一方被现实摁住四肢、宣告退场。

她看再多的风景，只想找个人分享。她走再远，也只是想告诉他世界的不同。但岁月消磨，最后竟然是管用的，她曾经以为的东西，到底没能在人间撑出个极乐来。

那一刻，她忽然意识到自己的心冷得还不够。

被时间这样摧残，被他的逃避如此摧残，可她还是会难受。

可这个时候，她除开恨他，还能靠什么让自己离开这段记忆呢？

7

别人的值得与否的评价，应当与否的评价，没有用。

在那时候，那些痛苦的记忆把她吃得好紧。但她不能拿希望拼绝望，最后，只能放任绝望填满自己，让他们吃得越来越不尽兴。

在那段日子里，她一直在问自己，是吗，是吗，是吗？这爱情是吗，这未来是吗？可是爱情究竟是什么？她想起自己曾趴在他的肩头问。他说，爱就是希望对方过得好。她问他，那你有过自私吗？他点头，说，想和你在一起就是一种自私。

而她呢？她灵魂的弱点，她非要在人生的南墙上撞死。

她以为自己多凶猛，她的人生明明不是无路可走，她这一头撞过去，不是要与他们争个你死我活，而是不明白，哪里出了错，是心不诚还是爱不灵，为什么良药没能把艰难撑过，反酿成了生命的黑洞。

8

她曾那样爱一个人——把自己的任性和灵魂劈了一半出去喂给感情，以为那样，至少会换来一点奇迹。

可是这也忽然让她发现，她那一半灵魂就这么在一摊泥水里，沉下去了。

不后悔，没有什么可后悔的。

因为，秘诀从来不是"爱"，而在于是谁在"爱"。这能力，有人可能渲染千秋，也有人驾着它灭天灭地。——情感的魔法没能改善她、他，原来所谓爱情的神话都是诗人的妄语。人们美化了这种激素的功效，却忘了提醒世人，土壤决定着它所培育的果实。

于是在那一刻，她觉得自己无比地轻，无比地轻，重量只有以前的二分之一，再也没有她沉重得要在地面和其他完整灵魂的人一样生活的那种重量。

跌过太狠，没有沉沦，就是这一种幸运。

更幸运的就是她明白了，爱不是什么无敌的咒语。爱是双刃剑，仅仅有能力的人，才能将这"咒语"用成奇迹。这一生最差的结果，是她不会找到那么一个能用好"爱"和她对招的人。但也没那么差，因为，她可以自己学好这手艺，再慢慢等。

Take Me with You

TEXT
安东尼

PHOTO
Harry

我觉得 对于我 世界上分为两种人 从未见过的和擦肩而过的

也许你会问 不是还有好友 家人和恋人吗

我觉得 在浩瀚的星河里 时间和空间交错

我常常有错觉 自己和自己的人生

都是擦肩而过呢

所以我说 这世上的人

只分成 见过的和没见过的

于是在拥挤的大街上

在耸立的古堡上

热闹的广场上和安静的剧院里

我目光所及都会在他们头上打个钩

想说 见过了

前些年旅行过很多地方 见过好多人

之前 Harry 和我说 他在知乎上看

如果把世界上所有的人都装到泰山里面

泰山还装不满

当时我就觉得

这世界也不是很大

我可能要把这世界上的人看完了

在安静的夜里 我经常想起他们

时代广场上手牵着手依偎在一起的东欧年轻恋人

在爱丁堡 城堡下 喝醉了的白发浓密的老头

墨尔本联邦广场 星光投射灯下

正在生火的安静的澳洲土著

伦敦剧院里一个人进来坐下

略显疲惫的中年男子……

在时间为横轴 空间为纵轴的时空里
我们擦肩而过 你们现在都还好吗

很久之前如果你很喜欢一个人
会在晚会时 心怀忐忑地
伸出手请她跳一支舞
有的时候我想
现在随着高科技发展
似乎认识别人
要和别人寒暄搭讪变成了件简易的
动动指头的事情
不过我觉得这种"简易"把遇到喜欢的人
这件事 变得更复杂化了

我期望某一个瞬间的一见倾心

在大街上或者地铁上邂逅

然后走过去 拉住她说

我们好吧 跟我走吧

很想让你带上我

Take me with you 即使我可能因为害羞从来没说过

很想知道你愿意与我一起 大声对我说

Take me with you 即使我不知道你的名字

Z — U — I

THIS
IS US

NOVEL

这就是我们

TEXT

冯天×刘麦加×卢丽莉×王一
李田×包晓琳×曹小优
疏星

我喜欢的人
"好奇怪"

图 / Bingan

冯天

　　她以前吧，养了一只很可爱的萨摩耶，那时候每天看她更新博客，都能看到萨摩耶的可爱照片，如同饲养日记般记录着一切点滴。后来她爱上了去日本，从一年去好几次到一个月去好几次，多到海关都开始调查她去日本的目的了，最后，连福岛核爆炸后那个月还出差了一次……我当时听到简直是震惊了。现在她爱上去冰岛了，比日本更远、更难。她在微博上发过很多冰岛的美图，巨大的冰川、罕见的极光、神奇的冰岛自然风光，但还有些她只发在朋友圈里，不为粉丝知道的小视频。视频里漆黑一片，冰岛公路刮起了雪风，像是所有灾难片里面的粒子风暴，她独自一人困在车里，那应该是一段无人的公路，她打着双闪，没有丝毫的害怕。我想她应该有两本护照，旧的那本盖的全是成田机场、羽田航空港、关西机场，而新的这本盖的全是凯夫拉维克国际机场的入关印章。我觉得她爱一种东西真的会爱到极致，例如相机永远只用佳能，还天天给厂家打免费广告。她从来没晒过指甲油，突然有一次就晒出了她买过的上千瓶指甲油，应该可以打败任何美妆博主。她真是我见过的战斗力最持久的人，所以我相信，她还没写完的那本让大家等了很多年的小说，肯定也在等着我们。

刘麦加

　　话说我喜欢的这位神人，实际上我并没有对他产生过什么男女之间的感情，我们之间也没有故事，只是有共同的朋友，而且生活上一直有交集，才有机会对他奇葩的人生境遇进行VIP座位的近距离观摩。我的这位朋友，在上高中之前，据说是个品学兼优助人为乐的好孩子，然而在高一的时候，和某个女同学谈了一场恋爱又分手之后，整个人就变得不正常了。他最为人喜闻乐见的一个行为就是会在课间的时候一手拿着一个苹果一手拿着一个梨，交替啃食。下雨天穿着一件单薄的白色衬衫，不打伞悠悠地走在雨中。在上课的时候，他的同桌突然叫起来："好多血！"然后大家发现，他在用指甲刀剪自己的指甲……上的肉！以上，我们还以为这只是他的失恋综合症，过段日子就会痊愈，没想到其实他整个人的性格就如此扭曲。高二的时候他逃课去韩国见网友，高三的时候他爸妈把他送到加拿大，这位仁兄躲在机场里没有上飞机，然后怀揣着一万多加币从机场溜回市区，在网吧泡了一个星期，最后钱还被他丢了，他给我打电话借了钱（然而到现在都没还）。后来他谈了一个女朋友是内蒙古人，两个人一言不合就在大庭广众之下互殴。这种性情的人的人生简直就像被狗血开过光一样，如果有朝一日他能写一本回忆录，我相信肯定会非常精彩。而更重要的是，他长得还非常帅！

卢丽莉

　　我喜欢的人叫欧阳，欧阳在外面是一个人，但在家里，却是一条狗。

　　欧阳在微信里发给我的所有表情，都是各种各样的狗，他还会每天去微博发掘各种各样的萌狗照跟蠢狗视频，兴奋万分地跟我说："你看，这是我！是我！"堪称"每日一百狗"。

　　有时我出去上班，他在家里，回家的时候，一开门就能看到欧阳欢喜奔腾且缠人地左右弹跳上下扑腾的狗姿，（……）或幽怨哀伤可怜巴巴等待主人的狗影。（……）

　　因为每日撒娇一百遍，我有时懒得理他的时候，他就会咬着小手帕说："不要你的狗了吗？""是不是外面有狗了！"我："……【镰刀横扫！】"

　　有一年，我十分热衷于去舞蹈室上课，一天不去浑身不舒服那种，欧阳因此忍受了多日"没有主人的生活"，（……）于是每一天，他都想尽一切办法不让我出门跳舞，有一天，他一如既往地藏起了我的鞋子，未果；跪下求我别出门，未果；最后扑腾着上来，抱住了我的大腿，大叫："主人别走，啾啾（求求）你！"我："？？？"

　　在一起的第三个年头，我把欧阳的微信备注改成了"狗"，吵架的时候，我的撒手锏是："你再跟我吵，以后就没有人摸（狗）头了！"出门的时候，每当看见狗，我就会跟欧阳说："你看，你在那里撒尿耶，不知廉耻！"

　　我们……还能好吗【黑人问号脸】？

王一

本科时候的EX是个暴走族，每学期除了考试和跟着老师做SRT，其他时候不是新疆、内蒙古，就是四川、西藏，或者尼泊尔。就连回了北京，大多数时候都还是在走路。因为聚少离多，所以虽然我自己懒得出奇，可是难得聚在一起，为了迁就EX，也就跟着走路。

最近一次一起坐车还是去三里屯吃饭，坐地铁到五道口。当时，我的电动车停在北大东门。等了半天公交，都刷卡上车了，EX突然心血来潮，拽着我下车，非要腿儿过去。走了老远，半路还下起暴雨。大雨倾盆，夜色迷离，一路狂奔，简直是飞扬洒脱的青春——唯一煞风景的只有我寻死无门的表情。

虽然分离比相聚多，中间也有过很多不开心，但这段关系还是比我们想的都要久。最后一次一起横穿北京，那时我们申请出国留学，误入迷信歧途，一起去雍和宫烧香拜佛完了回清华。两个人闷着头走了三个多小时，从黄昏走到满天星火，没说话，好像没有什么话好说，又好像什么话都已经说完了。再后来，我来了欧洲，EX去了美国。上次在脸书上看到EX和男朋友走完John Muir Trail全程的照片，暗自腹诽走路狂魔还是该和走路狂魔在一起。转念一想，说不定他们觉得我这样的couch potato才比较奇怪呢。

更奇怪的是，我本身方向感极差，从来不记路，可看着他们的照片，还能想起最后一晚路过的青年湖、健德门、成府路和五道口。

GO!

李田

　　我平生最受不了的就是奇怪的人，也特别怕自己喜欢上奇怪的人，所以基本上只和正常人交往。但不知道为什么，一旦恋爱后，我就会发现，这些看起来很正常的人每个都很奇怪。我喜欢过一个开朗爱笑的女生，后来发现她整天想自杀；我喜欢过一个清纯可人的女生，后来发现她比谁都放荡不羁；我喜欢过一个温柔体贴的女生，后来发现她平生最大的爱好就是乱发脾气……我一度很疑惑，是不是我错了——这个世界上本来就没有正常的人，寻找正常人相爱这个行为举止本身就很奇怪。直到我遇到了现女友，一个开朗爱笑、清纯可人又温柔体贴的女生，我才意识到不是我错了，而是因为那个对的人迟迟未到。我们迅速坠入爱河，并搬到静安区一个带院落的老房子里过上了同居生活。女友花了一个月时间购置厨具、生活用品，打扫庭院，养花种草，一切都朝着幸福的地方飞去……直到某天清晨，女友起床后发现，辛辛苦苦种了一个月的蔷薇，不知道被谁连根拔去杳无踪迹，气得她砸烂花盆扬长而去。当天，她就找好了房子，第二天就搬了过去，开始了这段不知道什么时候是尽头的分居生活。直到现在，我还是不明白这到底是为什么，一切都发生得如此……奇怪。

包晓琳

　　任何人提起民国时期的上海滩，都无法避而不谈青帮和杜月笙，可杜月笙又不是我们想象中黑道大哥的形象，他本人身材瘦小，基本没什么功夫，闯荡江湖全凭脑子，原本是从水果店学徒做起的小赤佬，因为收账利索人称"水果月生"（这萌萌哒外号实在跟黑道画风不符），他能成为黄金荣的左膀右臂除了靠过人的聪明才智，主要还是因为他把黄金荣的老婆桂生姐哄得十分高兴，一次他出面帮桂生姐劫回了烟土，桂生姐就把一部分烟土生意交给了杜月笙，并给黄金荣吹枕边风委以重任，使杜月笙很快在一众马仔里脱颖而出，直到他只身入虎穴救出被军阀何丰林绑走的黄金荣，紧接着便成功地自立门户。杜月笙在华洋两界周旋做不法交易发家，整个人生随便一段故事都极为抓马，他设计摆平严老九，建立小八股党，但这位上海王本身也有很多污点，比如在"四一二"事件中雇用流氓殴打工人，协助蒋介石发动政变，作为男主角的话一定会被吃瓜群众批判三观不正，就是这样一个人，却在抗战时期建立了武装游击队参与抗日，又把名下的"黑钱"拿来支援前线伤员，其实人是很难用非黑即白的价值观来区分的，在特殊的时代里，上一秒杀人不眨眼的恶棍，下一秒就有可能变成救人于水火的侠士。过去看经典电影《教父》，觉得阿尔·帕西诺演的柯里昂酷毙了，直到读了《杜月笙传》，才发觉中国的教父才活在更为复杂的江湖里，这个江湖横跨了军界、政界和商界，他们不但有情有义，同样也至情至性，像杜月笙和孟小冬这种精彩的风月史，是很多编剧编不出的。真实的历史往往比虚构的传奇更好看，不如说，他们这些人本身就是传奇，我之所以沉迷于民国教父的故事，或许是因为我们这个时代的男人们大多缺乏那样的血性吧。

曹小优

　　如果问我有没有喜欢过什么奇怪的人，我觉得没有。我喜欢过的大多是王子类型、众人瞩目、完美无缺、才貌双全。后来仔细一想，不对，喜欢的某个少年，除了中二还很爱自拍。奇怪的是，他的自拍永远自带变丑滤镜，大概比他人随意的抓拍丑个一万八千多倍吧。然而这位少年还是拍得一脸认真，孜孜不倦地继续秀着他的自拍。中二呢，前几年对他来说还是件非常正常的事情，毕竟他前几年真的中二——中学二年级。然而目前稳稳地变成了最美好的十七岁的他，仍然习性不改，自拍和各种手办，是他永远的好朋友。少年最近愈发成长，英气逼人，可爱之间还透着几分清爽的俊朗，仍然没变的是他的中二，"吃饭睡觉看《海贼王》"，还碎碎念什么自己学会了飞檐走壁之一式"坐壁"、二式"站壁"和三式"自闭"……也是没眼看。这都不算什么，主要是他最近开始穿女装。说什么有一天发现自己太霸气，把自己打扮成了小公举……我说大哥，你这样对得起成千上万要你"娶"的小姑娘吗，竞争已经很激烈了。当然这都不算特别怪，他还有一个萌萌的"迷弟"属性，在偶像生日那天一定会妥妥地算好和日期一样的时间发一则"生日快乐"，万千少女又是羡慕嫉妒没有恨。好了，大声说出他的名字吧。反正我是不会说的。

疏星

　　Y老师的奇葩表现在，只要到了公众场合，就会变得一本正经，别的情侣总是搂搂抱抱，Y老师人多的时候就会自动开启"出门不牵手，吃饭不并肩"的模式。他觉得"肩并肩吃饭"是高中食堂才会发生的可怕画面。一起去看演唱会的时候，下着小雨，别的情侣都前后左右各种方式拥抱腻歪在一起，挥舞着荧光棒一起大声合唱，而Y老师双手交叉在胸前，然后缓缓地从包中拿出了望远镜……开始审视看台上的画面，活像个老领导视察基层群众……这种时候总不能让我一个女生去主动牵手吧，更可怕的是和我牵了一会儿手，Y老师就轻轻拿开，又开始拿着望远镜视察……生气的我干脆抢过来望远镜自己看了起来——天！居然这么清楚！还能看见钢琴上的烛台装饰……

　　就算在家里，Y老师也会忽然从沙发上弹坐起来，顺便将腻歪的我也拖起来："两个人长期这么坐着的话，会产生一种下坠的堕落感，赶快起来干活干活！"如果我披头散发一脸窘态的时候被他看到，Y老师就会立刻掏出手机进行拍摄、截图、存进个人相册……如果我跌倒了，Y老师一定会第一时间哈哈大笑，然后掏出手机进行录像……可当我化了个bling bling的妆从镜子前走出来，问他我现在怎么样，让他给我拍张照。他就会大失所望地走开："唉，你现在一点都不丑，我不想拍！"

我吃过的 〈最奇怪〉 的食物

⊕ 安东尼 ⊕

蜻蜓

奇怪指数：★★★★★

小的时候在农村长大 什么都敢吃 我和
我小舅 还有表弟 在山上挖一个洞在里
面生火 烤过 玉米 地瓜 土豆 苹果 也
烤过蚂蚱 蜻蜓 知了 烤过的东西我们
都吃过 蜻蜓的话 只有连接翅膀的胸部
那里可以吃 里面都是瘦肉 但并不好吃
现在要我吃 我是不会再吃了 蜻蜓是益
虫 而且那么美

⊕ 恒殊 ⊕

荨麻汤

荨麻旧读qian（二声）ma（二声）。多年
生草本植物，林地里最怕见到它，因为它
全身都是刺，不小心碰到了就是一片红肿。
我从来不知道这玩意儿还能吃。某一年在
波兰的时候，婆婆煮了一锅碧绿碧绿的浓
汤，我以为是菠菜，查了字典才知道是荨麻
（nettle）。当地的斯拉夫人戴着手套在春天
收割荨麻嫩芽，洗净剁碎煮汤，拌沙拉，做
馅饼，还能当饮料！它有一股清新独特的味
道，其实当真蛮好吃的。

奇怪指数：★★★

⊕ 陈奕潞 ⊕

蝉蛹

蝉蛹这个东西吃起来很像是鸡肉……闭着眼睛吃的话就不会觉得可怕，但如果不小心四目相对了，就赶紧想点别的吧……总的来说还是美味的，特别是辣得让人欲罢不能！本来还想试试蚂蚱，但有评价说可能会有铁线虫（不知道是什么的可以搜：螳螂——铁线虫），我就败退了……还是，吃鸡胸肉吧！

奇怪指数：⭐⭐⭐⭐

奇怪指数：⭐⭐⭐

⊕ 包晓琳 ⊕

肥羊尾

羊身上哪个部位最好吃？羊腿？羊背？羊肋巴条？让内蒙古人来告诉你，是羊尾巴！（what？？？）想象你家牧场有这么一只羊，尾巴长在你家羊的屁屁上，你家羊溜达到山坡上吃草，你家羊的尾巴呼扇呼扇的，羊尾巴就成了一块活肉，尽管都是肥的……你说腻？（敲黑板画重点）将肥羊尾切成刺身一样的薄片，平铺在手腕上，伸长嘴一口吸进去……苍茫的天涯是我的爱，绵绵的青山脚下花正开，不由得唱起来了有没有！

⊕ 冯天 ⊕

鲸鱼的鱼肠酱

在芭提雅的希尔顿吃的，端上来的时候我觉得"哇，粉红色好Q好可爱呢"，问朋友这是啥，结果朋友面无表情地告诉我，这是鲸鱼的鱼肠酱……鲸鱼的鱼肠？这合法吗？我当场表示不是很想吃，朋友淡定地说："好啊，不吃给我吃，这一坨东西大概等于楼下一瓶Dior梦幻美肌修颜乳。"

奇怪指数：⭐⭐⭐⭐⭐

⊕ 简宇 ⊕

毛蛋

在哈市上学时，一入晚总能见到小贩推着简陋而火烫的煤炉，嗞嗞油烟中翻滚的是被煎熘的狰狞可怖的毛蛋——孵化十来天的鸡蛋，一副苦大仇深地躺在那里！但交好的同学却视它为珍馐佳馔，一遇到总要来两只。等到大四某天，我跟他在外办事，回校时已是深夜十二点，寒风一吹，整个胸膛都跟透彻冰霜似的，刚好遇到卖毛蛋的推车，在他的撺掇下，我也买了一串，试了第一口……怎么说呢？我没忍住，马上吐掉了，感觉这一口要是下肚的话，快要在大肠结束旅行的隔夜饭会怒不可遏地杀回来抗议的啊！

奇怪指数：★★★★★

奇怪指数：★★★★★★

⊕ 解学功 ⊕

"喝活的"

2003年，因为一部电视剧《新燕子李三》，在济南消失近半个世纪的"喝活的"竟又在大明湖畔热闹了几天！"喝活的"就是在碗里加上趵突泉的水、几只小蝌蚪（活的……），再加点醋，嗯，就可以直接喝了。（别人是因为信奉吃什么补什么才喝的，而我是本着体验民俗，真的。）记得喝的时候，有只蝌蚪卡在我的喉咙里挣扎了几下才下去……此后，我连对那个"是不是老觉得嗓子里有东西？咳不出来又咽不下去"的广告都有阴影了！

⊕ 麦璎 ⊕

Orangina

Orangina2015年11月的新品，写的确实是卡西斯香橙味（黑醋栗利口酒兑橙汁？），但喝起来，毫不夸张地讲是麦当劳的双层吉士汉堡的汽水版……酸黄瓜/番茄酱/洋葱/煎肉饼的味道被精准地提取出来再与苏打水结合！不过大概这才是黑醋栗的精髓所在也说不定。说到底，还是我看口味时只认识后半不认识前半，又把图片上黑醋栗一眼看成葡萄的锅……

奇怪指数：★★

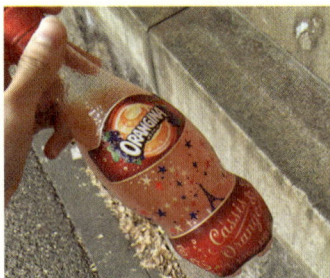

⊕ 罗浩森 ⊕

菜虫

奇怪指数：⭐⭐⭐⭐⭐

大排档但凡有做拆鱼粥的，都有凉拌鱼皮的做法：将生鱼皮细细切好，拌香油、芫茜、葱头、花生，爽口美味。小小一碟，黑白相间。但今天说的不是鱼皮。

中学时，午饭一般在饭堂解决。一日，我与朋友照常吃饭，发现青菜里冒出了条鱼皮，黑白相间，也甚是好看。大快朵颐之余，口感奇怪，便随口问："鱼皮变质了？"

我抬头一看，发现朋友的脸色极其难看，像吃了屎一样。旁边放着一堆一样颜色的"鱼皮"，只是在"皮"下面可以看到细细密密的小脚——是条巨大的菜虫，被他发现后丢出来。

我哇一声吐了出来……比吃了屎还恶心。

⊕ 王一 ⊕

羊瘪

奇怪指数：⭐⭐⭐⭐

看到题目，太难不想到被羊瘪侵犯的阴影！

当时跟团去了贵州从江县。第一天晚饭时，看着面前一锅翻滚的绿汤，我天真地想，大概是什么特色中草药锅底，然后放心大胆地夹了一块肉。

我×！！好！！苦！！这他×就是中药吧？！这时，导游为我们介绍道："大家面前的呢，就是本地特色，羊瘪！（省略滋补功效若干字。）羊瘪是怎么做的呢？就是那个羊的胃和小肠啊，把里面没有消化的那个草啊掏出来，剁碎了，加点油，就用来涮肉……"

我——一个吃过巧克力鸡翅的奇男子。嚼着肉，脸色还是忍不住变得比羊瘪还绿。

⊕ Meiyou ⊕

崂山白花蛇草水

亲测了传说中畅销东南亚近五十年的"神水"是有多难喝，怀着一颗虔诚的心拧开瓶盖小抿一口，有种碳酸饮料的刺激感，觉得并没有网友描述的"两年没洗的袜子捂在旅游鞋里发酵出的汗液一般的味道"那么夸张，于是放开膀子仰头大喝三口，突然觉得嘴里麻麻的，胃里一阵翻腾，人也木了，闭上眼睛数十种奇葩的味道在口中沉醉，原来它的威力在于越喝越难喝！并无酸甜苦辣，却有种说不清道不明的难受，此乃难喝的最高境界！

奇怪指数：⭐⭐

⊕ 孙十七 ⊕

猫咪的小鱼饼干

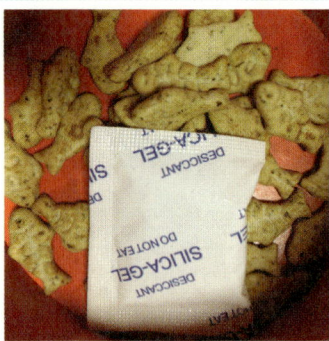

在一位养猫的朋友家聚会，晚上大家坐在沙发上关了灯一起看电影，前面的茶几上堆满了零食，我顺手拿起桌子上的一盒闻起来像沙拉味的饼干，第一口就觉得这个饼干怎么淀粉那么多，口感很干涩又没什么味道，有种要过期的感觉，但是还是默默地吃了十块左右，然后放回桌上。电影结束，打开了灯，见一只猫扭着屁股走进客厅，朋友拿起那盒沙拉味的饼干唤了一声，猫咪兴奋地跑了过来，我瞅了一眼盒子上的字：猫用小鱼饼干，鸡肉+金枪鱼味……

奇怪指数：⭐⭐⭐⭐

⊕ Bingan ⊕

牛鞭

挑食的我几天前和同事一起吃火锅，大家点了一盘牛鞭，在众人的怂恿下，我鼓起勇气吃了一根卷成一团的牛鞭，回忆起这口感我终生难忘：感觉像是有着强烈牛膻味的口香糖或者QQ糖，当我咬下的时候还有温热的汁液在嘴里流淌，那一瞬间我整个人是崩溃的，不敢咀嚼也不敢吞咽，最后狼狈地把嘴里的东西吐出来，不停地漱口，我真心觉得……那些吃牛鞭壮阳的汉子……你们真的太拼了……

奇怪指数：⭐⭐⭐⭐⭐

奇怪指数：★★

⊕ 七堇年 ⊕

蛇肉与牙膏夹心奥利奥

听说人的一生会吃掉好几节火车车厢那么大体积的食物……我认真回忆了一下前面几节车厢的内容，结论是：全都太正常了。值得一提的只有两次，第一次是吃蛇肉，妈妈骗我说是鸡脖子，我就啃了，一边啃一边说为什么这鸡脖子这么细？第二次，可以拿来竞争一下的恐怕就是牙膏夹心的奥利奥了，还用说吗，当然是愚人节的时候被亲爱的同桌骗来吃下的啊。讲真，除了薄荷味道更猛一点，其他的口感还是真够相似的。

⊕ 项斯微 ⊕

猪鼻筋与猪牙龈

我们四川人民对下水的爱惊天地泣鬼神！黄喉脑花肥肠兔腰也都没啥好说的。（但我有个美女朋友热衷于用烤脑花拌米饭并且搅成一团糊糊，我也是吃不消。）偶尔从长居的上海回趟成都，被带去吃宜宾烧烤，端上了一串串怪怪的细条状物，朋友说这是每头猪只有一条的（别告诉我你想歪了），猪鼻筋！鼻子里的一根筋啊，也要单独扒拉出来穿在扦子上烤成烧烤！至于味道嘛，脆脆的带点韧劲，老实说烤得还挺入味的。

嗯，第二天去吃火锅。朋友又给我点了一盘猪牙龈烫火锅。嗯，听说我还是幸运的，有人烫火锅吃牙龈还吃到过猪牙齿……这应该算是来自一头猪的复仇吧。

奇怪指数：★★★★

⊕ 繁恩 ⊕

云片糕

小时候去上学时，在公交车上，没吃早饭的我从包里搜出了一大块条状的云片糕，在没有水喝的情况下一次性吃完（不知道当时是有多饥饿），之后我的胸口像被一大坨干干的面粉噎住了，手用力捶胸口的时候突然想起某个偏方：用膝盖顶住胸腔有利于缓解噎住。于是，我在晃动的公车座位上抱起光滑的膝盖在胸腔上用力地摩擦摩擦……旁边座位的大妈迷茫到变形。从那以后我都没有再吃过云片糕，把这干瘪之物列到了奇怪一栏，它除了甜，好像真的没剩下什么，虽然叫云片糕，可是实际外形却跟砖头一样，不是应该像云朵一样胖乎乎的吗，存放时间太长还会变硬，然后想一片片地掰下来的时候总是掰不好，让我觉得自己像是一只在啃墙角的老鼠一样，特别诡异。

奇怪指数：●●●●●●（主编掀桌！）

⊕ 宇华 ⊕

仰望星空派

来英国六七年了，细数黑暗料理的话，非提不可的就是"仰望星空派"（Stargazy pie）。等等，先别被它略文艺的名字给蒙骗了，当绅士的服务生把这么一盘猎奇的东西端到你餐桌上时，你绝对会猛吃一惊。一条条烤焦的沙丁鱼头从派皮里冒出来，"优雅地"仰望星空，宛若"出水芙蓉"。至于这道传统英国菜的来历也众说纷纭，流传最广的便是为了纪念一个叫作Bawcockrd的汉子，他在暴风雨夜里用捕获的鱼拯救了康沃尔郡（Cornwall）一群饥肠辘辘的村民。至于这道菜的味道，个人觉得如果碰到好的原材料与厨子，还是一道甚为鲜美的菜，否则，那就得自求多福了。

奇怪指数：★★★★★★★

⊕ 芈十四 ⊕

炸泥鳅

提起江南小吃，我们总容易想起精致摆盘的花式糕点、晶莹剔透的灌汤包、甜软香腻的桂花糖、碧水幽幽的艾草青团……但在南方乡野间，我仍然记得孩提时代，大人们最喜欢用来下酒吃的，竟然是炸泥鳅。用面粉裹了，在滚烫的油里烫一遍，用漏网一捞，熟食摊的炸泥鳅总是最快卖完的。我看见大人们吃得津津有味，就也跟着夹上几筷子。

奇怪指数：★★

⊕ 由宾 ⊕

凉拌折耳根

奇怪指数：★★

有一回朋友从国外回来，大概受够了美帝汉堡的摧残，去饭馆扬手点了一桌子菜，其中有一道叫凉拌折耳根，他强烈推荐，说味鲜可口，且为天然的消炎药，食疗效果极佳。当时我涉世尚浅，很信任他，于是夹了一大坨放入嘴里细细咀嚼，瞬间就好像有一颗原子弹在脑袋里爆炸一样。后半段聚会，发生了什么我彻底忘了，只记得自己无论吃什么喝什么，都盖不住折耳根的腥腐。如果死亡有味道，那一定是凉拌折耳根的味道。

⊕ 曲玮玮 ⊕

口红

吃过最奇怪的食物是口红。原因很简单，就是跟同学打"今天某某老师上课有没有打喷嚏"这种莫名其妙的赌，然后愿赌服输。感受就是，真的体会到了传说中味同嚼蜡的感觉，干涩的口红粘在嗓子里，感觉真的想吐三天三夜。我觉得从那以后我的男朋友都会很开心，因为我从此对口红产生了阴影，肯定不会逼着男朋友买YSL星辰等鬼东西。

奇怪指数：★★★★★★★

部分图片来源于网络

THIS IS US

我喜欢的 奇怪的你

本期作者

郭敬明[主编]

作家，导演，编剧。上海最世文化发展有限公司董事长，"80后"作家群代表人物。
代表作品：《幻城》《夏至未至》《悲伤逆流成河》《小时代》系列；《爵迹：雾雪零尘》《爵迹：永生之海》
导演作品：《小时代1》《小时代2：青木时代》《小时代3：刺金时代》《小时代4：灵魂尽头》《爵迹》

笛安

上海最世文化发展有限公司签约作者，《文艺风赏》杂志主编
已出版作品：《西决》《东霓》《南音》《妩媚航班》《告别天堂》《芙蓉如面柳如眉》《南方有令秧》等

安东尼

上海最世文化发展有限公司签约作者
已出版作品：《红——陪安东尼度过漫长岁月》《橙——陪安东尼度过漫长岁月》《黄——陪安东尼度过漫长岁月》《这些都是你给我的爱》《这些 都是你给我的爱Ⅱ——云治》《尔本》等

消失宾妮

上海最世文化发展有限公司签约作者
已出版作品：《妄言之半》《四重音》《馥鳞》《孤独书》《葬我以风》《碎片与深情》

林苡安

上海最世文化发展有限公司签约作者
已出版作品：《蜀红》《白马小姐情史》

余慧迪

上海最世文化发展有限公司签约作者
已出版作品：《北城以北》《万能胶片》

陈奕潞

上海最世文化发展有限公司签约作者
已出版作品：《神的平衡器》《秘境之匣》《2037化学笔记》《住在身体里的人》《被删除的人》等

幽草

上海最世文化发展有限公司签约作者
已出版作品：《狼少年》

陆俊文

上海最世文化发展有限公司签约作者
已出版作品：《咸咸海的味》《南安无故人》

陶立夏

已出版作品：《分开旅行》《练习一个人》《把你交给时间》等

黎琼

上海最世文化发展有限公司签约作者
已出版作品：《木魅山诡录》《世界上有千百种喜欢》

包晓琳

上海最世文化发展有限公司签约作者
已出版作品：《阴阳》《红豚》《爱要说，爱要作》

刘麦加

上海最世文化发展有限公司签约作者
已出版作品：《她她》《缓慢但到来》《夏墅堰》《过去的，最好的》

周宏翔

已出版作品：《我只是敢和别人不一样》《我就喜欢不那么好的你》《名丽场》等

王一

上海最世文化发展有限公司签约作者
代表作：《在秋日午后起飞》《夏天尽头的少年》《幸运儿》

曹小优

上海最世文化发展有限公司签约作者
已出版作品：《你看见我男朋友了吗？》

冯天

上海最世文化发展有限公司签约作者
已出版作品：《杀手婚礼之路》《恋人以悲伤为食》《我错过的人都很幸福》

甫跃辉

已出版作品：《刻舟记》《少年游》《动物园》《安娜的火车》等

2017年《最小说》主题书系征稿，现已开启！

如果你怀有创作梦想，想要用文字、绘画、摄影等形式来描摹世界，抒发个人情绪，表达人生观点；如果你相信自己的实力，渴望更多的人得以发现并认可你的心意与作品，那么，2017年《最小说》主题书系，等着你来！

【我们需要什么】

[文字类]

小说——不限题材！

青春校园√ 科幻√ 悬疑√ 推理√
其他题材√

篇幅在3000～6000字之间，如稿件特别优秀，可以酌情考虑延长篇幅。

只要你的故事足够精彩，只要你的文字足够动人，我们绝不错过！

投稿邮箱：
wen1@zuibook.com
wen2@zuibook.com
wen3@zuibook.com

[图片类]

插画、摄影、设计师合作，请发送个人作品及简历至邮箱：art@zuibook.com

【你需要注意的是】

*投稿内容无暴力、色情描写，无政治、宗教倾向。

*文字和图片类投稿作者不得一稿多投，两个月内没有收到答复可以另行处理。

*投稿时请留下自己的真实姓名、笔名、联系方式，以便我们与您取得联系。

[Zestful Unique Ideal]
全新旅程，期待你的加入。

文艺风象

ZUI Fount

2017/01
特辑 [英伦来信]

主编：落落
定价：16.80 元
2017 年 01 月上市

2017 年第一本特辑，就让我们在嘉宾和创作者的带领下，领略英国风情，满足一下内心的英伦情结吧。本期"英伦来信"特辑的主题嘉宾，是英国演员、歌手比利·博伊德，1968 年 8 月 28 日出生于苏格兰格拉斯哥的他，因在电影《指环王》三部曲中饰演霍比特人"皮聘"而被世界悉知，他创作及演唱的歌曲 The Last Goodbye，作为《霍比特人 3：五军之战》的片尾曲，也为人喜爱。本期流行人物，是作家周宏翔，他的作品《少年们无尽的夜》荣获第五届巴蜀青年文学奖，他还被评为"重庆最有影响力的青年作家"之一。

提起"英伦"，熟悉的元素瞬间在脑海中浮现，莎士比亚的情诗、风笛、格子裙，女王——和她的柯基犬；雨伞、风衣、淑女的衣裙礼帽，绅士的西装三件套——和他们的礼帽……无论是它的工业化还是文化，都带有强烈浓郁的特点，令人好奇与着迷。标志性建筑、旅途见闻、书、电影、剧集，还有生活在那里的人们每一天带来的新鲜讯息，填满了我们的好奇心，也为自己计划中的行程准备好了许多。

——落落（摘自《文艺风象》）

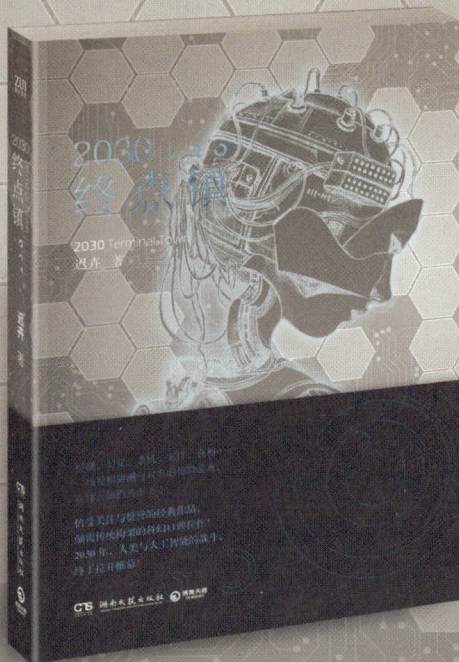

《所有关于爱的》
《把孤单岁月分享》
《前往闪亮的旧时光》
《最爱你的人，是我》
《凝固的时间》

郭敬明 主编

封面插图&广告插图/熊小熊

郭敬明、落落、笛安、安东尼
等最世作者强力集结

收录青春、现实、科幻、古风、架空等各类题材精彩之作，汇聚华丽唯美、清新灵动、隽永绵长、质朴真挚等多种文字风格，只为一次给予读者畅快淋漓的阅读享受。

每一年的夏天，都是日光与回忆同时泛滥的季节。往无数曾经的岁月去，往无数灰暗的日子去，往无数发黄的地点去。在很多年很多年后的夏天，我依然清晰地记得曾经的我们，是怎样在热气笼罩的教室里，打发掉一个一个漫长的午后。
还有那些永远没法亮透的微微发凉的清晨。
——郭敬明

2006年11月，《最小说》的诞生简单而纯粹。薄薄的一本小书聚集了一群热爱写作的伙伴，他们用文字凝固许多瞬间，存留无数漫长，最幸运的是那泛着油墨香的渺小故事被你发现，最幸福的是你同我们一起长大、改变，却依旧挚爱着文字创造的一切。

2016年10月，这里有一场关于时间的重逢。
我们无法阻止的是，有人成熟，有人离开，总有物是人非。可我们愈发肯定的是，记忆犹存，初心仍在，那未来便还很长。无论你与我们的相识有多长有多短，请在这个夏天，让我们一同去寻找、重拾、相逢、邂逅、爱、青春、岁月、曾经的一切。

2016年12月~2017年1月
精雕细琢，聚爱成书 / 十年盛宴，陆续登场

《最小说》十周年献礼书系
最世光芒 顷刻闪耀

长篇暖心爱情小说

暌违三年后首部

极具畅销潜质作家陈晨，

陈晨 著

请和孤单的我吃饭吧

当拥有易胖体质，

从小过着倒霉的人生的她，

遇见阳光开朗，

善良又充满活力的他，

一场温情感动的故事，

悄悄拉开序幕……

我想有那么一个人，

天冷的时候能一起吃个涮肉，

怄气的时候能一起干杯小酒，

看电影的时候能分享同一桶爆米花。

我想和这样一个平凡，

但却真真切切的人在一起，

吃到饱，吃到老

希望未来的每一天，

都有你和美食相伴

2017年

最世文化 感动呈现

下期预告

异化，一个经久不衰的文学主题，在下一期《异化·孤独怪物》（暂定名）中，你将看到——

灯塔水母的逆转基因、情感破碎后的心灵荒漠、末世生物的多维转化、身体机能的定向异化……

科幻名家脑洞大开，以新意结合经典，向读者揭示幻想与现实之间的一步之遥。

插图 / meiyou

（暂定名）

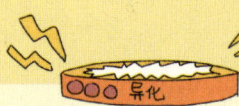

最世文化《异化·孤独怪物》
2017 年 4 月·敬请期待！

在制作《异化·孤独怪物》（暂定名）这本选题书的过程中，最世编辑们受到"能量磁场"的影响，现在在 Z 博士的实验室，大家纷纷进行了大改造，获得了自己最希望得到的异化能力……

耐心孵化器
执行主编/痕痕

耐心孵化器是对人和事容易缺乏耐心"一秒烦躁拍桌子星人"的必备品，有了耐心孵化器，从此对世界充满爱与宽容……（烦死了！什么时候出片！快给我加大强度！！）

银翅
设计总监/胡小西

请让我在汹涌的人潮中"唰"地异化出一双翅膀，材质尽量坚硬一些，比如纯银或者像树脂一样透明的（带羽毛的有点诡异，又不是维秘……），飞跃拥挤的人海与车流，飞向大海与森林，飞向宇宙和太空……

GPS 智脑
编辑/童童

GPS 超级智脑，每次出门前只要想一想，就能快速锁定目的地，指定完美路线，不走冤枉路！另外，智脑还可以控制肢体行动，躲避障碍物，这样就算走路玩手机也不会有危险啦！

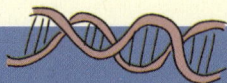

梦境储存器

编辑／非非

那些在深夜梦境中上演过的爱恨情仇、惊天脑洞！通通能储存在你的脑海中。以此为基础来创作一下，说不定新一代××天才、××鬼才就要出世了……

互补型分身

编辑／小河

分化一个性格完全相反的自己，帮助这个每周末只想躲在家里看书修片打游戏的宅女，出门和朋友们吃喝玩乐联络感情……（这样写会不会被朋友们孤立……）

记忆眼球

流程主管／卡卡

可以回忆起看见过的所有事情，治疗健忘和强迫症的利器！从此无论是说起电影还是小说情节，都可以开始滔滔不绝了呢……

四眼达人

编辑／叨叨

长时间面对电脑，眼睛经常干疼之余还会迎风流泪！我，尿，了！我要异化！我要变成真正的"四眼猫"！这样每次审稿的时候，两双眼睛就可以无缝衔接轮流工作！（还我一双炯炯有神的卡姿兰大眼睛！）

长发万能手

编辑／榛榛

充分发挥长发不怕冷的属性，拯救"冬季怕冷星人"。三千烦恼丝变形为自由伸缩的万能手后，双手再也不用害怕"上冻山、下凉海"的冰凉刺痛，直接趴在暖宝宝上温暖过冬就好啦！

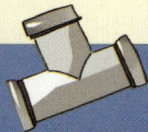

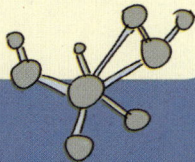

图书在版编目（CIP）数据

我喜欢的 奇怪的你 / 郭敬明主编 . —长沙：湖南文艺出版社，2017.3
ISBN 978-7-5404-7936-7

Ⅰ . ①我… Ⅱ . ①郭… Ⅲ . ①短篇小说—小说集—中国—当代 Ⅳ . ① I247.7

中国版本图书馆 CIP 数据核字（2016）第 323591 号

上架建议：青春 / 畅销

WO XIHUAN DE QIGUAI DE NI
我喜欢的　奇怪的你

主编：郭敬明
出版人：曾赛丰　　　　出品人：郭敬明
项目总监：痕痕　　　　责任编辑：薛健　刘诗哲　　　监制：毛闽峰　与其　李娜　刘霁
特约策划：卡卡　董鑫　　特约编辑：吴宛璘　张明慧　　营销编辑：杨帆　周怡文
装帧设计：ZUI Factor (zui@zuifactor.com)

出版发行：湖南文艺出版社（长沙市雨花区东二环一段508号 邮编：410014）
网址：www.hnwy.net　印刷：北京中科印刷有限公司　经销：新华书店

开本：787mm×1092mm 1/16　　字数：178千字　　印张：15
版次：2017年3月第1版　　　　印次：2017年3月第1次印刷
书号：ISBN 978-7-5404-7936-7　定价：29.80元

质量监督电话：010-59096394
团购电话：010-59320018

插图 / 胡小西